JN122492

マドンナメイト文庫

淫辱村 肉人形にされた美熟妻

八雲 蓮

目次

contents

淫辱村 肉人形にされた美熟妻

第一章　秘伝の美熟妻絶頂蜜壺漬

「じゃあ、旦那さんの実家に引っ越すんですか？」

「ええ、そうなの。まだ半年以上も先の話なんだけど……夫の仕事の都合で、どうにもならないのよ」

「そんな……仕事はどうするんですか。明菜《あきな》さんほど優秀なキャリアウーマンが、会社を辞めるなんて信じられない」

「そうね……」

カフェテラスに座った明菜は、そびえ立つビル群の隙間からのぞく青空を見上げて、目を細めた。一月にしては日差しが強く、屋外にいても、それほど寒くはない。ロングコートを脱いだ明菜は、背中の中ほどまである艶やかな髪を指先で撫でた。緩《ゆる》いウエーブのかかった髪は、まるで西洋の女神のように優雅で、トリートメントの香りがふわッと漂う。その匂いが風に乗り、コーヒーカップを傾ける男たちの嗅覚をいやでも刺激した。魅惑の芳香を放つ女神を盗み見た男たちは、思わず生唾を飲んだ。明菜の美貌は、それほどまでに群を抜いていた。

(これは、むしろチャンスなんだわ。起業するなら、今よ)

起業は、学生の頃からの夢だった。

フランス人形のようにぱっちりとした目が、情熱で燃える。くっきりとした眉と高い鼻は、明菜の意志の強さを証明しているようだ。それでいて、細い首の下、デコルテから急激な膨《ふく》らみを見せるバストからは、熟れた人妻にしか出せないフェロモンをムンムンと漂わせている。スカートの下から伸びたしなやかな両脚は、身体の三分の二を占めていた。まるでモデルのようなスタイルとその美貌、さらに知性的な眼差《まなざ》しをした明菜は、どこからどう見ても一流のキャリアウーマンだ。

「引っ越し先の地方で、起業しようと思ってるのよ。これまでの経験とコネクションを活かしてね」

「えッ……起業ですか。さすが明菜さん、すごいわ。明菜さんが声をかければ、協力してくれる方は、たくさんいらっしゃるでしょうからね」

「私ももう四十二歳だし、この機会を逃したくないのよ」

明菜は、都内の大手化粧品会社で、長く広報を務めてきた。もちろん製造にも関わっているから、消費者のニーズやコスト面についても業界きっての知識がある。オンラインが主流となった現在なら、営業や打ち合わせは地方でも問題なく行えるし、製造場所の賃貸費なども地方のほうがはるかに低予算で済むうえ、企業助成金も出る。

（それに……出産するなら、地方の自然豊かな場所のほうが環境がいいわ）

絵に描いたようなキャリアウーマンの明菜だが、子供を産むことを諦めたわけではなかった。愛する男の分身を胎内に宿す。それは女にとって捨てがたい夢だ。だが、夫は淡泊で自分から明菜を誘ってくることはない。明菜から声をかけても、仕事で疲れきった夫は、むしろ迷惑そうに眉をひそめ、また、今度な、と言ってすぐに寝息をたてはじめてしまう。

（でも……環境が変われば……）

淡い期待に、明菜の胸は躍った。起業と出産。二つの夢が待つ新しい土地が、明菜にはユートピアのように思えた。

「引っ越し先では、家を借りるんですか？」

「いえ、そうではなくて。夫の実家に住むことになっているの」

義父は十年前に妻を亡くして以来、一人暮らしを続けていた。だが、去年から夫の甥が居候《いそうろう》しているのだという。結婚式のときに顔を合わせて以来、一度も彼を見たことはなかった。あのときは、まだ小さな子供だった。夫の実家の近くに通っている大学があるらしく、居候を決めたらしい。

（義父と甥との共同生活か……まあ、住めば都って言うしね）

ほんとうは一軒家を借りたいところだが、事業をはじめるなら、少しでも資金を蓄えておきたかった。それに、夫としても、六十歳を超えた父親を一人にしておくのが不安なのだろう。転勤には期限がなく、出向先の事業が安定するまで、と会社から言われているようだ。その間だけでも、父親と過ごしたいのだろう。夫の実家は昔ながらの広い家で、夫婦の寝室も確保できるし、しばらく辛抱《しんぼう》するしかない。

「まあ、有希《ゆき》もそのうち遊びに来てよ。近くにはキャンプ場も温泉もあるし、旦那さんと娘さんも退屈しないと思うわ。それに夏には、大きなお祭りがあるらしいし」

「ええ、ありがとうございます。でも、明菜さんがいなくなってしまうなんて……」

北澤《きたざわ》有希は寂しげな笑みを浮かべた。有希は、とある企業の十周年パーティでいっしょになり、妙に意気投合して以来、仲良くしていた。明菜が有希の自宅に遊びに行くこともあるし、その逆もある。家族ぐるみで出かけたことも、何度かあった。有希もまた都内にある有名アパレル企業で企画開発を担当するキャリアウーマンだった。

三十六歳の有希は、六年前に結婚し、夫と五歳になる娘といっしょに都内のマンションで暮らしている。茶色がかったショートボブの有希は、明菜とは異《こと》なるタイプの美人だった。いかにも温和そうな目と小柄な体型の有希と明菜が二人でバーにいるときなどは、何度男たちに声をかけられたか、数えきれないほどだ。

「向こうに着いたら、連絡先を教えるわ。小さな村なのよ。自然が豊かで、いいところなんだけどね」

「わかりました。村の名前は？」

「神郷村。神の故郷と書いて、こうごうむらと読むの」

それから半年後、明菜は会社を辞め、東京と夫の地元を何度も行き来し、ようやく起業にこぎつけた。運よく製造工場にうってつけの建物が見つかり、しかも格安で借りることができたのだ。神郷村には何度か訪れたことがあるが、一面の田園に太陽の光が差す光景は、まさしく神の郷《さと》という感じだ。

（想像以上に順調だわ。有希の会社とコラボできてほんとうによかった）

有希は熱心に上層部に掛け合い、明菜の新会社アモーレとのコラボ事業をついに承諾させたのだ。それもこれも、明菜が製造する化粧品が最良の質で、なおかつ価格を抑えられたからこそだ。

（これなら、なんとか軌道に乗せられるわね。がんばるわ）

まばゆい未来を確信して、明菜は夫とともに神郷村へと引っ越していった。

「田舎でなんにもないけど、明菜さんは、つまらなくはないかね」

「いいえ、空気が澄んでいて、気持ちがいいですわ」

「そうかい。それならよかった」

汗と土まみれになって帰宅した義父、耕三《こうぞう》が、ボロボロのタオルで首筋を拭きつつ帰宅した。ちょうど今は夏野菜の時期らしく、収穫と出荷を一人で行う耕三は、毎日忙しく働いていた。朝から夕方まで泥まみれになって働き、夕方になると帰宅する。ずんぐりむっくりとした体型ではあるが、筋骨は逞《たくま》しく細身の夫とは似ても似つかない。

「おお……こりゃ、美味そうだ。家に帰ると飯があるなんて、久しぶりだ」

「住まわせてもらっているんだから、これくらいのことは」

毎日、というわけにはいかないが、明菜はなるべく早く帰宅し、夕飯の準備をした。

「おい、悠人《ゆうと》ッ。明菜さんが飯を作ってくれたんだ。早く部屋から出てこい」

大声で呼ばれて、夫の甥、悠人がしぶしぶといった感じで居間にあらわれた。長い髪を茶色く染めた悠人は、いかにも田舎の不良という感じだ。

「今、オンラインでゲームしてたんだよ、じいちゃん」

「オンだかオフだか知らんが、明菜さんが夕飯を作ってくれたんだ。早く食え。明菜さん、すいませんねえ」

「いいえ、健一《けんいち》さんもまだ帰れないみたいだし、先に食べましょう」

広い居間でちゃぶ台を囲み、三人は夕飯を食べはじめた。二十歳になったばかりだという悠人は、一浪してようやく地方の大学に入学できたらしい。Tシャツに着替えた明菜の胸元を凝視しつつ、ニタニタと笑みを浮かべている。

(いやだわ……この子)

二十歳の男子ともなれば性欲を抑えきれないのもわかるが、こうまで露骨に身体を睨《ね》め回してくるとは。

「明菜さんて、とても四十二歳には見えませんよね。健一おじさんが羨《うらや》ましいな。明菜さんみたいな人を毎日抱けるなんて」

「悠人ッ！　馬鹿なことを言うんじゃないッ」

「でも、健一さん、仕事で疲れてるからなあ。子供もいないし、もしかしてセックスレスですか？」

ズバリと真実を言い当てられて、明菜の顔が真っ赤に染まった。

「いい加減にしろ、悠人ッ」

「へへ、ごちそうさまでした」

悠人は、食事を終えるとさっさと自室に戻っていった。義父と二人きりになると、重い空気で居間が淀んだ。なにしろ、夫婦の性生活について指摘されたあとなのだから、それも当然だ。カチャカチャと箸と茶碗がぶつかる音だけが、いっそう重く響く。

「すみませんねえ、明菜さん」

「いえ……最近の子は、あんなものですよ」

「悠人のことも、そうだが……健一は……健一の奴は……やっぱり……淡泊なのかい」

「えッ……？　いえ、それは……」

「いや、すまんすまん。忘れてくれ」

あまりの羞恥にうつむいて食事をつづける明菜は、ねっとりとした耕三の視線の矢が、胸元ばかりか下腹までをも射抜いていることに気づかなかった。

夜も更けて、虫の鳴き声と風の音と夫の寝息だけが聞こえていた。この夜のために購入した真っ赤なネグリジェを身にまとい、夫の布団に潜り込む。

「ねえ……あなた……」

「ん……どうした……?」

「今週、排卵期なのよ……」

「ごめん。今日は疲れているんだ。それに、起業したばかりで明菜も疲れているだろう。きちんと睡眠をとったほうがいいぞ」

「でも、あなた……」

返答はなく、夫はすぐに寝息をたてはじめた。ほんとうに夫は子供を作る気があるのだろうか。夫婦仲はいい。仕事も順調だ。けれど、女としての悦びだけがない。排卵日のせいなのか、明菜の子宮が疼《うず》き、ジンジンとした痺《しび》れを明菜の肢体に送り込んでくる。身体の火照《ほて》りが頭までをも痺れさせていた。この熱を沈めなければ、とても眠れそうもない。

「ああ……」

ほとんど無意識に、明菜のしなやかな指先が股間に伸びていた。ネグリジェを捲《めく》り、パンティの内側に滑り込ませた指を上下させる。半開きになった唇から舌がのぞき、その奥から、あ、あ、と切な気な声が漏れる。しっとりと濡れた女陰が、むしろ明菜には恨めしい。惨めな官能に埋没しようとしたとき、外からガタンッと音がした。ハッとした明菜は、布団で下半身を覆《おお》った。

(風かしら……?)

「騒がしいな。眠れなやしない」

不機嫌そうにあくびをした夫は、小用を済ませるつもりなのか、部屋を出ていった。頭から布団をかぶった明菜は、声を押し殺してすすり泣いた。

翌日、明菜は工場へ行き、今後の製造スケジュールについて主任と打ち合わせを済ますと、午後からの時間が空いた。

(家に帰って少しお掃除でもしようかしら)

まだ片づけていない荷物もある。明菜は車を走らせ、家に戻った。家には誰もいない。悠人は大学に行ったのだろう。義父の耕三は、今日も収穫と出荷の準備で忙しいに違いない。

(ああ……お義父さんの前で、夫婦の夜の生活のことを言われるなんて)

ただでさえ晩婚で子作りの話はデリケートなのに、あんなにあけすけに指摘してくるなど、なんとデリカシーに欠けた男なのだろう。明菜はいやなことを頭から振り払うように熱心に後片づけをした。家には誰もいないのをいいことに、スカートがずり上がるのもかまわず、梱包をほどき、埃《ほこり》の舞った畳に雑巾をかける。

（ああ……暑いわ……エアコンをつけたほうがいいかしら）

窓を開けると心地よい風が入ってくるのでエアコンはつけなかったのだが、身体を動かしているとやはり暑い。汗ばんだ肌から、抑えきれない四十路の女の体臭が漂《ただよ》い、部屋中に充満した。汗で滲《にじ》んだシャツからは、真っ赤なブラジャーが透けて見える。

「明菜さん。今日は、ずいぶんと帰りが早いじゃないか」

いつの間に帰宅したのか、耕三が部屋の前に立っていた。昼食をとりに帰ってきたのだろうか。手に抱えた大きなざるには、いかにも採れたてという感じの瑞々《みずみず》しい野菜が大量に盛られている。

「お義父さん……いえ、少し時間が空いたので、片づけをしようと思って」

汗まみれの胸元を、明菜は両腕で隠した。明菜のこんもりと張った豊乳は、交差する両腕の上からでもその量感がはっきりとわかる。土で汚れた耕三の顔が、欲望に歪《ゆが》んでいくのを明菜は見た。しきりに舌舐《な》めずりをし、蛇のような目で明菜の肢体を見つめる耕三は、昨日までの温和な義父とはまるで違う。

（お義父さん……？）

「汗まみれじゃないか、明菜さん……ちゃんと、拭《ぬぐ》ったほうがいいな」

「きゃあッ」

いきなり迫ってきた耕三に正面から抱きしめられた。バストを隠していた両腕を剝《は》がされると、透けたブラジャーが義父の前に晒される。

「真っ赤なブラジャーとは、欲求不満のあらわれだ。晒される。やっぱり健一の奴が相手をしてくれないってわけだな。身体が疼いて仕方がないんだろう」

「ひいいッ」

汗まみれのシャツの上から豊乳を揉みしだかれて、明菜は悲鳴をあげた。同時に艶めかしい首筋を耕三の舌が這《は》い回り、肌に浮かんだ汗を舐め取られる。おぞましい感触に、明菜の総身に怖気《おじけ》が走った。

「美味いッ……熟れた女の濃厚な味だ」

「やめてください、ッ……何をするんですッ……？」

「何をするって、ナニをしたいのは、明菜さんだろう。昨夜は、自分を慰めようとしていたじゃないか」

（ああ……見られたんだわッ）

昨夜の物音は義父だったのだ。息子夫婦の閨房《けいぼう》を覗こうとするなど、なんて卑劣な行為なのか。

「そんなッ……夫婦の寝室を覗くなんて、ひどすぎますッ」

「ひどいのは、健一の奴だろう。昔からものに執着しない奴だったが、まさかこんなスケベな身体の妻を放っておくなんて、呆れるぜ。息子の罪は、父親が償《つぐな》ってやらなくちゃいかんな。ひひ、俺のものでな」

ぐへへ、と下卑《げび》た声を出した耕三は、とても昨日までの義父とは思えない。剝《む》き出しの欲望を隠すこともせず、荒々しくバストをこねくり回してくる。

（こんなッ……まさか……お義父さんがッ……）

「いやッ……こんなことはやめてくださいッ……いやッ……いやあッ」

胸の谷間に潜り込んだ耕三の鼻先が、明菜の体臭を思いきり吸い込んだ。汗まみれの体臭を嗅がれるなど、女にとっては恥辱でしかない。明菜の真っ白な肌が、首元まで真っ赤に染まる。

「ほんとうはセックスがしたくてしたくて、仕方ないんだろう、明菜さん」

「ああッ……違うッ……違いますッ」

「こんなスケベな匂いをプンプンさせて何を言ってやがる。俺はな、明菜さんに初めて会ったときから、犯《や》りたくて仕方がなかったんだ。いかにも優秀ですって感じの顔を、滅茶苦茶に歪ませる日がついに来るなんて、夢のようだ」

「あぁッ……いやあッ」

もつれ合いつつ押し倒された明菜の下腹を、耕三が跨《また》いだ。さらにポケットにしのばせていた農業用の麻紐《あさひも》で、明菜の両手首を手早く縛り上げる。

「芸は身を助けるってのは、こういうことだな」

「痛いッ……いやあッ……ほどいてッ……ほどいてくださいッ」

「ひひ、女も苗もきちんと結《ゆ》わえてやらんといかんからな」

両手を拘束されて、明菜はいよいよ狼狽《ろうばい》した。押しのけようと両脚をばたつかせても、筋骨《きんこつ》逞しい耕三はびくともしない。余裕たっぷりに見下ろしてくる耕三の力は、長年の農作業で鍛えられて、とても女の力では抗《あらが》えない。

「やめてくださいッ……こんなことッ……」

「夢にまで見た明菜さんの身体なんだ。おっぱいから拝ませもらうぞ」

「ひいッ」

ニンマリと笑みを浮かべた耕三は、使い古された仕事用のハサミで、ジワジワとシャツを切り裂いた。わずかに肌に触れる切っ先の冷たさに、明菜の恐怖がいよいよ募《つの》る。

「こんなッ……ひどいッ……いやッ……ひいいッ」

「おお……」

ブラジャーに覆われた息子の嫁の神聖な膨らみを見下ろして、耕三は思わず呻《うめ》いた。真っ赤なカップから今にも零《こぼ》れ落ちそうなほどのバストは、目を見張るほどの量感だ。それでいて、シルクのように艶めいた肌は、とても四十二歳とは思えないほど若々しい。

「こりゃ、想像以上のおっぱいだ。Fカップはあるな」

胸の谷間から噴き上がる熟れた女の体臭に、耕三は思わず相好《そうごう》を崩した。甘酸っぱいような芳香は、人妻でなければとうてい醸《かも》し出せないものだ。しかも、相手は息子の妻なのだから、耕三の興奮も生半可《なまはんか》ではない。

「おっぱいが汗で濡れているぞ。ひひ、俺が拭ってやるからな」

「ひいいッ」

耕三は卑しい性根も隠さず、美貌の人妻に挑みかかった。鏡餅のように密着した乳房の谷間に舌を捻《ねじ》り込み、滲んだ汗をレロレロと味わい尽くす。

「美味いぞッ。優秀なキャリアウーマンてのは、汗まで美味《びみ》なんだな」

「いやッ……やめてッ……やめてえッ」

「どれどれ、生おっぱいを収穫させてもらうかな」

明菜の懇願など聞き入れる気もなく、凶悪な顔をした耕三はハサミの先端をホックにあてがった。

「いやですッ……それだけは、いやなのッ……お願いッ……助けてッ……あなたッ……あなたぁッ」

「あんな息子に助けを求めても、気持ちよくしてくれないぞ」

バチンッという残酷な音とともに、真っ赤なブラジャーが左右にずれ落ちる。活火山のようにそびえ立つ豊乳を耕三に見下ろされて、明菜の喉から恥辱の悲鳴が這い上がる。

「ひいいいッ」

「なんてでかパイだッ……想像よりもはるかにスケベじゃないか。FどころかGはあるんじゃないか」

（こんなッ……おっぱい見られて……）

見事に張った豊乳は、わずかながらも垂れることがない。桃色の乳輪の先端では、むしろ乳首がきょとんとして佇《たたず》んでいるのが、耕三の加虐心を煽《あお》る。

「これから何をされるのか、ぜんぜんわかってないって感じの乳首だな。えへへ、これから生まれてくる赤ん坊よりも先に、俺が味見してやるぞ」

「やめてッ……それは、いやなのッ……それだけは、ゆるしてえッ……ひいいッ」

耕三の唇が、蛭《ひる》のように明菜の乳首に吸いついた。チュッチュッと唾液混じりの吸引音が漏れ響いてくるのが、明菜には現実のこととは思えない。女の神聖な部位を気味の悪い義父に味わわれて、明菜の目から涙が溢《あふ》れる。

(赤ちゃんのための乳首なのにいッ)

小さく柔らかい赤ん坊の唇に母乳を与える慈愛の行為を夢見ていた。それが、今やなめくじのような唇に吸いつかれ、無様《ぶざま》に乳首が潰されている。

(こんなのひどいいッ)

だが、排卵期を迎えた人妻の身体は、卑劣な義父の舌にも快《こころよ》く胸襟を開いてしまうのか、ジンジンと痺れはじめた。みるみるうちに硬く尖った乳首は、今にも弾けてしまいそうだ。

(ああッ……どうしてえッ……?)

「乳首が、ビンビンじゃないか。なんてスケベな嫁だ。まったくけしからんな」

「んああッ……ひいッ……ひゃあんッ」

涙に滲んだ視界の中で、あさましいほど勃起した自分の乳首が、何度も耕三の唇に揉み潰された。唾液のぬるつきともに、ヌルンッヌルンッと弾き出される乳首には、露《つゆ》ほどの苦悶も感じられず、むしろ長く待ちわびた愛撫を目いっぱい愉《たの》しんでいるようにすら見える。

「はひぃッ……もう、やめてッ……んはあぁッ」

「赤ん坊よりも大人の男に吸われるほうが、たまらんだろう。母性よりも性欲に満ちた乳首だ」

耕三の嘲《あざけ》りの言葉を、明菜は否定できない。渇いていた身体とはいえ、排卵期とはいえ、あっさりと夫を裏切る自分の乳首が、明菜には呪《のろ》わしい。

「よほど飢えていたんだな、明菜さん。それもこれも愚息のせいだ。健一のぶんまで、俺がうんと気持ちよくしてやるぞ」

「ひぃいいッ」

Vサインにした耕三の指が、ギリギリと明菜の左右の乳首を圧迫した。ラグビーボールのように無惨に潰された乳首を、さらにコリコリと揉み潰されると、その惨めな見た目からは想像もできないほどの痺れが、明菜の身体を突き抜けていく。

(なに、これえッ?)

「ほう、うちの嫁は乳首がいいんだな。どれ、うんと責めてやるぞ」

「はひッ……いやあッ……離してッ……んああッ……それ、いやあッ」

耕三は、卑しい笑みを浮かべつつ、嬲《なぶ》るように乳首を揉み潰した。下腹に乗った耕三の腰が浮き上がるほど、シミ一つない明菜の背中が反《そ》り返り、ブルブルと震え出す。

「ひいいッ」

「こりゃ、活きのいい身体だ。淡泊な健一の奴は、自分の妻の乳首のスケベさを知らんのだろうな」

耕三の指摘は、悔しいが事実だった。夫の愛撫は実に淡泊で、乳首を集中的に責めることなどなかった。自分でも知ることのない性感帯を義父に発見されるなど、明菜にとっては屈辱でしかない。だが、いっそう強く摘《つ》まれた乳首からは、ジンジンと痺れが突き抜け、頭の中まで真っ白にされる。

(それ、だめえええッ)

「んああッ……あひッ……ああんッ」

屈辱の悲鳴にもいつしか甘い声が混じり出す。乳首と喉が連携しているように、弄《いじ》られるたび甘声が漏れてしまう。それが、明菜には悔しくてたまらない。ひっきりなしに注がれる官能の予感に、明菜の腰が何度もよじれる。スカートが捲れ、剝き出しになった尻肉と畳が、キュッキュッと摩擦音を響かせ、明菜の鼓膜までをも辱《はずかし》める。

「えへへ、ここらで一つ、嫁のイキ顔を見せてもらうとするか。健一との閨房で、どんな顔をしているのか確認するのも親の務《つと》めだからな」

「ひいッ……いやですッ……やめてくださいッ……そんなの、いやあぁッ」

「ほうれッ」

唾液まみれの乳首を引っ張られると、乳房までもが紡錘《ぼうすい》形に変形した。同時に雪崩《なだれ》込んできた快感が、容赦なく明菜を絶頂へと追いやっていく。

「ひいいいッ」

ガクガクと半裸を痙攣させて、明菜は絶頂した。乳首でアクメさせられたのに、はしたないほど腰が震えているのが、快感の凄まじさをまざまざと物語る。明菜の顔はひとたまりもなく緩みきり、義父の前で恥ずかしいほどのアへ顔を晒した。

「はひいいいッ」

「おお……なんてスケベなイキ顔だ。仕事もアクメも超一流だな」

(こんなッ……悔しいいッ)

からかいの言葉を浴びせられて、明菜はわあッと号泣した。目の前が真っ暗になるような絶望とは裏腹に、明菜の半裸は鮮烈なピンク色に染め上げられ、いやでも女の悦びを耕三に示してしまう。

「泣くほどよかったのか、明菜さん。その顔を見ると、ずいぶんと久しぶりのアクメだったんだろう」

「ううッ……ひどいッ……こんなの、ひどいわッ」

「ひどいと言うわりには、ここが湿っているぞ」

「ひいッ」

耕三の指がパンティ越しに明菜の割れ目をなぞった。ブラジャーとおそろいの真っ赤のクロッチに波状のシミが広がり、それはまだまだ拡大しつづけている。久しぶりのアクメに肉層が勝手にざわめき、奥からしとどの蜜液が漏れてくるのを、明菜はとどめようがないのだ。

（どうしてえッ？）

「やっぱり熟れた女の身体は一味違うな。どれどれ、文字どおり味わってやるぞ」

「ああッ……いやッ……いやですッ……ひいいッ」

下腹の向こう側に、耕三のおぞましい顔が消えた。次の瞬間、明菜の股間から電流を流されたような快感が押し寄せてきた。クロッチ越しの割れ目を、耕三の舌が舐め上げてきたのだ。

「ひいいいッ」

「スケベな匂いがプンプン漂ってくるぞ。こりゃ、よほどいい土壌をしたマ×コだ。野菜も女も土壌が大事だからな。しっかり調査してやるぞ」

「ひいッ……いやあッ……」

耕三の指先がパンティの裾《すそ》に絡《から》んだ。腰の柔肌に触れる義父の指の感触に、明菜の全身に鳥肌が立つ。両脚をばたつかせようにも久しぶりのアクメで下半身が痺れているうえに、耕三の腕力も凄まじく、明菜には抗う術《すべ》もない。蜜液にグッショリと濡れたパンティが太腿《ふともも》でひっかかり、クルクルと丸められる恥辱の光景を、明菜は絶望的な眼差しで見つめることしかできない。

「しっかりとパンティがお汁を吸ってやがる。どれだけ、セックスがしたいのかが、よくわかるぞ」

「いやあッ……脱がさないでくださいッ……お願いッ……もう、ゆるしてッ……ああッ」

「おお……」

思わず耕三は呻いた。真っ白な恥丘に漆黒の草原がそよいでいた。外見の洗練さからは想像もできない奔放に逆立った陰毛が、むしろいやらしい。その下で、ざっくりと裂けた割れ目はすでに充血し、赤貝のように濡れ光っている。肥沃《ひよく》な大地を思わせる肉層からはムンムンと濃厚な牝臭が漂い、思わず噎《む》せ返りそうになるほどだ。

「こりゃ、想像以上の土壌だ。こんなスケベなマ×コに子種を放ったらすぐにも孕《はら》めそうなもんだが、健一の奴、ひょっとして種なしなのか」

「ああ……見ないでぇッ」

(恥ずかしいッ)

耕三の視線が、ねっとりと股間に絡みついているのがわかる。だが明菜の媚肉は、それだけで興奮するのか、媚びを売るようにうねり、男根を誘っているかのようだ。

(ああッ……私のアソコ、どうしてぇッ?)

「一丁前《いっちょうまえ》にマ×コが急《せ》かしてくるぞ。へへ、まあ、慌てるな。うんと味わってやるからな」

耕三の舌が媚肉をまさぐり、レロレロとむしゃぶりついてきた。

「はひぃッ……そんなところッ……汚いぃッ」

「おしっこの味がするぞ。さすがは美人。汗だけじゃなく、おしっこの味まで美味い」

(こんなの、ひどいぃッ)

汗まみれの女陰ばかりか、尿までをも味わわれるなど、まるで悪夢のようだ。だが、肉層を掻き分けられるたび、明菜の股間からはゾクゾクとした官能が押し寄せてきた。太腿が勝手に引きつり、耕三の舌に応じて、いじらしく腰が跳ね回る。

「いいよがりっぷりだぞ、明菜さん。こりゃ、そうとう男に飢えていたな」

「んはあッ……はひぃッ……ひゃあんッ」

地肌が透けて見える耕三の頭部が、股間越しにめまぐるしく揺れていた。それだけで、自分の女肉がどれほどに貪《むさぼ》られているかが、明菜にはわかる。おぞましい光景なのに、股間からはまばゆいばかりの快感が押し寄せ、はあはあと息を喘《あえ》がせるばかりになる。

（どうしてえッ……いやなのにッ……気持ち悪いのにいッ）

「うちの嫁のマ×コがこんなに積極的だったとは驚きだ。品性があるのは顔だけで、下半身は下品丸出しってわけだ」

「違うッ……違ううッ」

「ふふふ、もっと下品にしてやるぞ」

蜜液まみれの唇をペロリと舐めた耕三は、ざるの中からきゅうりを掴んだ。極太のそれは売り物にはならないほど先端が湾曲し、平仮名の、「し」の形状になっている。

「俺が精魂込めて育てたきゅうりをマ×コで味わわせてやるぞ」

「ひいッ……いやあッ……お野菜なんて、いやあッ……ぐむむッ」

極太のきゅうりが明菜の肉層を掻き分けて、奥まで捻り込まれた。一度、極めた明菜の媚肉は、異様なほど敏感になっていた。きゅうり特有のボツボツとした突起の一つひとつまでをも余すことなく感知し、文字どおり快感を味わい尽くしてしまう。

「ひゃあんッ……そんなッ……きゅうりなのにいッ」

「俺の育てたきゅうりは格別だろ、明菜さん。こんな美人の嫁をイカせられるなら、きゅうりも本望ってもんだ」

耕三は握ったきゅうりを猛烈に前後しはじめた。湾曲したきゅうりの先端が、絶妙に明菜のGスポットを責め嬲る。ときめくような快感に、明菜はもう翻弄《ほんろう》されるばかり。何も考えることができなくなり、ひいひいと泣き喚《わめ》いては、腰を震わせる。

「ひいいいッ」

明菜の腰と踵《かかと》がクンッ浮き上がった。ブリッジするような体勢になったまま肉層を掻き回されるうち、グッチョグッチョと卑猥な水音まで混じりはじめた。膣口からヌルンッと飛び出すきゅうりの緑とへばりつく真っ赤な媚肉が、異様なほど鮮やかだ。

「これが今、はやりの映《ば》えってやつか。ひひ、俺も流行に乗ってみるか」

ポケットから出したスマホを慣れない手つきで操作して、耕三は恥辱の抽送シーンを何度も撮影した。今や、きゅうりの表面は蜜液まみれとなり、朝霧に濡れたようにぬめり輝いている。

「いやあッ……こんなの撮らないでえッ」

「朝採れきゅうりならぬ、美人嫁のマ×コ採れきゅうりだぜ。こりゃ、一本一万でも買う好き者がいるだろうよ」

ゲラゲラと笑いつつも、耕三は執拗にきゅうりを抽送しつづける。たかが一本のきゅうりでこれほどのたうち回される女肉のあさましさを明菜は心底呪った。だが、快感スポットを何度も嬲られるうち、明菜は何もかもを忘れて、快感の奈落に突き落とされていく。

「ああッ……なんか、ヘンッ……明菜のアソコ、ヘンンッ」

「へへ、立てつづけにイッちまいな」

「いやあッ……明菜、お野菜でなんて、イキたくないいッ……やめてッ……やめてえッ……ひいいいッ」

必死の懇願も空《むな》しく、明菜は絶頂を極めた。膨らんだ女肉に圧迫されてボキッとへし折られたきゅうりの先端ごと、明菜の股間から大量の蜜液が飛沫《しぶ》いた。潮を噴いたのだ。

「あひぃぃッ」

「マン汁で水やりをしてくれるってわけか。そりゃ、美味い野菜が育つだろうな。次から次へと抜群のアイデアを出す嫁だぜ。さすがはやり手の起業家だ」

「ひッ……はひぃッ……うむッ」

（こんなッ……お野菜でッ……イかされてぇッ）

うつろな表情をした明菜は、きゅうりで極めた衝撃で言葉も発せない。だが、上の口の代弁をする下の口は、ヒクヒクと蠢《うごめ》き、気持ちいいッ、と叫んでいるようだ。

（ひどいッ……こんなの、ひどすぎるうッ）

「まだまだ物足りないって感じのマ×コだな。へへ、きゅうりじゃ、満足できないってことだろ。つまり、そろそろこいつが欲しいってことだよな」

立ち上がった耕三は、明菜の裸身を跨いだ。おもむろにベルトを外し、土まみれのズボンとパンツを一気に引きずり下ろす。すでに勃起した男根が勢いよく飛び跳ね、明菜の面前にふてぶてしく君臨した。

（な、なに、これ……？）

明菜は目を見張った。巨大すぎるが故に、むしろ男根と認識できないほど凶々《まがまが》しい屹立。ゆうに二十センチを超える突起は猛々《たけだけ》しく反り返り、悠然と明菜を見下ろしていた。肉茎に蔦《つた》のように絡まる血管の凸凹が、いっそう男根のおぞましさを際立たせている。

（これが……オチ×チンなの……？）

夫のものとは、まるで違う。結合を目的とした夫の男根とは裏腹に、耕三のそれは、まるで破壊だけを望んでいるようだ。

（こんなので貫かれたら……）

「健一のものとは、わけが違うだろう。あいつが二十歳の頃、家族旅行で行った温泉であいつのチ×ポを見たことがあるが。チ×ポの勇ましさというのは、遺伝しないらしい」

「ひいッ」

腰を落とした耕三の逞しいものの先端が、明菜の唇に密着した。汗と尿で蒸された男根は凄まじい異臭を放ち、思わず吐き気がこみ上げてくる。だが、口を開けばたちまちに巨肉の餌食《えじき》になることは必死だ。

（それだけは、いやあッ）

夫も含め、これまでつき合ってきた男に口での奉仕を求められても、頑《がん》としてこれを拒否してきた明菜だった。不衛生な男根を、どうしてわざわざ口唇で愛撫する必要があるのか、潔癖の気《け》がある明菜には理解できないのだ。

「うむッ……んんんッ」

明菜は死に物狂いで美貌を揺すり、口を一文字《いちもんじ》に結んだ。だが、その抗いも、耕三の興奮を煽っただけにすぎない。

「へへ、この様子じゃ、フェラチオもろくにしたことがなさそうだな。うちの嫁には、きちんと性技を身につけてやらなくちゃならん」

耕三の指が、無慈悲に明菜の鼻を摘まんだ。息苦しさにわずかに緩んだ明菜の口元を、耕三が見逃すはずもない。可憐な唇をこじ開けられて、たちまちに喉の奥まで肉棒を捻り込まれる。

(こんなッ……いやああッ)

子供の腕ほどもある男根が、根元までみっちりと埋《う》まっていた。耕三のジャングルに鼻頭が絡まり、荒い鼻息に揺れているのが明菜には信じられない。股間から漂う異臭に目が沁みて、ポロポロと涙が噴き零れる。

「泣くほどチ×ポが美味いのか。ひひ、病みつきになって毎日味わいたくなるぞ」

せせら笑った耕三は、リズミカルに腰を揺すりはじめた。どす黒い肉茎が喉奥まで貫いたかと思えば、次の瞬間、後退する肉棒に引きずられた唇がひょっとこのように突き出される。その滑稽な顔が、むしろ明菜の色気を存分に引き出してしまうのが、皮肉だ。

「色っぽい顔だ。ほんとうに何をしても優秀だな」

「ぷわあッ……んむむッ……ぐむうッ」

（お口でだなんてッ……ひどいいッ）

ガボッガボッ、と何度も巨肉を呑み込まされていた。吐き気を催《もよお》す異臭が口内に充満し、噎せ返りそうになっても、巨大な亀頭がそれすらも押し戻し、容赦なく喉を塞《ふさ》いでくる。オーラルケアに熱心な明菜は、清潔な口腔を不潔な男根で汚されて、頭がおかしくなりそうだ。

「トロトロの口に、引き締まる喉。男のものを呑み込むためにあるような口だぜ」

（そ、そんなッ）

そんなことで称揚《しょうよう》されても、嬉しいはずがない。だが、明菜の喉粘膜は襲いかかる耕三の亀頭を待ちかねていたとばかりに抱擁し、ギュンギュンと引き締めた。そのたびに、ジーンと口内が痺れ、妖しい感覚を宿主に送り込んでくる。

（何なの、これえッ？）

「マ×コみたいに食い締まる喉だな。ひひひ、つまり精液をねだってるってわけだ」

耕三の台詞《せりふ》に、明菜ははッとした。口の中で果てるつもりなのだ。

(それだけは、いやああッ)

明菜は狂ったように美貌をひねって逃れようとした。だが磔《はりつけ》の刑に処された罪人のように、明菜の美貌は、深々と肉棒に杭打ちされてよじることもできない。さらに前傾した耕三は畳につけた両手足で全身を支えた。膣との交合を試みるような具合で、耕三の臀部が見るも無惨に跳ね上がる。

「んぐううッ！　ぷわああッ！」

「滅茶苦茶に口を犯《おか》されるのは、たまらないだろ」

(ああッ……お口がッ……アソコみたいに犯されてえッ)

パンッパンッと顔面を股間で打たれる音と、ドンドンと後頭部が畳を叩く音が、同時に鳴り響く。さらに口腔を抉《えぐ》るとヌチャッ、という粘膜音もくわわると、明菜は得体のしれない快美の渦に巻き込まれた。無慈悲の行為にも、明菜の喉粘膜は迫りくる肉棒に次第に蕩けさせられていく。まるで快感の種を喉に蒔《ま》かれ。それが今にも芽吹いてしまいそうな予感が、明菜にはただ怖ろしい。

(私のお口、どうしてえッ？)

「一発出してやるから、うんと味わいなッ」

「んぐううッ」

ふいに膨張した肉棒が、爆裂した。ドクドクを精液を注がれて、明菜の口内はたちまちに白濁の坩堝《るつぼ》と化す。

(そんなああッ……お口に出されてるうッ)

生臭い芳香が口内ばかりか鼻腔にもまとわりついていた。まだまだ射精をつづける肉棒が、若鮎のように口内で跳ね回る。粘膜を打たれるたびバチッと散る火花は、疑いようもなく快感だった。精液のおぞましい感触からも、明菜の粘膜は快感を搾《しぼ》り取り、宿主を極めさせようとしてくる。

(あぁッ……お口がキュンッってするうッ……あああッ)

「今日は暑いから喉が渇いただろう。へへ、潤《うるお》わせてやる」

ニタッ、と残酷な笑みを浮かべた耕三は、陰毛越しの恥丘で明菜の鼻を塞いだ。息苦しさのあまり、明菜は口内に溜まった白濁をゴクゴクと飲み干してしまう。

(いやああッ……の、飲んじゃったああッ)

「んああッ……うむッ……ひゃあんッ」

はひッ、んふッと悶え声を発した明菜の瞳が白黒する。喉粘膜に絡みつく粘ついた精液の感触が、困惑するほどたまらないのだ。熱せられた食道からもジンジンとした快美感が押し寄せ、明菜は為す術《な》もなく追い上げられる。

「あぁッ……明菜、イきそうッ……いやあッ……こんなので、イきたくないッ……ひッ……いやああッ……ひいいいッ」

ギリギリと裸身を絞って、明菜は絶頂した。白濁の熱で、胃が燃えるように火照る。まるで身体の内側から犯されたような屈辱に、明菜はわあッと号泣した。だが宿主の悲痛な声を嘲笑《あざわら》うように、明菜の腰はクネクネと揺れ、肉層の奥から悦びの涙を飛沫く。恥辱に歪む表情と、色めきだったように震える双尻とのギャップが、明菜の惨めさを層倍にする。

「はひッ……んああッ……ひいいッ」

「飲んで、イッて、噴くなんて、さすがだな。同時に何でもこなせるスーパーウーマンだ」

侮辱の言葉を浴びせられても、明菜の耳には届いていない。精液を飲まされたあげく、極めてしまったショックで、口内ばかりか頭の中まで真っ白なのだ。

（精子を飲んで……イッちゃうなんてッ……）

「あっという間に、三度もイッちまうなんてよ。どれだけ飢えた身体なんだ。そんなスケベな身体じゃ、まだまだ物足りないだろう」

美貌の嫁を極めさせた興奮で、耕三の息も荒い。ふうふうと息を吐きつつ、泥だらけの上着を脱いだ耕三は、全裸になった。仰向けに倒れた明菜の上半身を抱き起こし、まだまだ震えている太腿の下に自らの股間を滑り込ませる。

「そろそろつながろうや、明菜さん」

「ひいッ……いやあッ……セックスだけは、絶対に、いやああッ」

「セックスだってよ。嫁の口から、そんなはしたない台詞が聞けるなんてな」

「ひいッ」

バイオリンを弾くように耕三の肉棒に割れ目をなぞられて、明菜は仰《の》け反った。わずかに触れられただけでこれほどの快感を味わわされるのだ。挿入などされたら、

（い、いったい、どうなってしまうの……？）

堕《お》とされる恐怖に明菜の裸身がガタガタと震えた。だが、宿主の怯《おび》えなど知ったことかとばかりに、明菜の肉層は惜しげもなく蜜液を溢れさせ、結合の準備に励んでいる。排卵期を迎えた人妻の子宮は、義父の子種であろうとも、浴びせられてたくて仕方がないのだ。

「ひゃあんッ……ああッ……いやッいやッ……赤ちゃん、できちゃうッ」

「ひひひ、この歳で子供を作れるなんてな。長生きするもんだ」

「ひいいッ……いやッ、いやですッ……あなたッ……たすけてッ……健一さッ……ひいいいッ」

衝《つ》き上がってきた剛直に、夫の名前すら飲み込まされた。鉄球のような亀頭に容赦なく子宮を殴りつけられて、明菜の裸身が引きつる。息もつけずに歯を食いしばり、竜巻のように渦巻く官能に抗おうとするが、それも無駄な抵抗にすぎなかった。

(なに、これえッ？)

噴き上がる快美に、明菜の裸身はくるまれた。夫との交合では到達しえない快楽の境地に、たった一突きで達せられてしまったのだ。耕三の眼前で明菜の豊乳が荒ぶるように揺れ、味わう快感の凄まじさをいやでも見せつけてしまう。

「ああッ……いやあッ……うむッ……ひいッ」

「ついに明菜さんとつながったぞ。これが、うちの嫁マ×コの味か。たまらんな」

「ああッ……ひどいッ……ひどいわッ」

「これが、ひどいなんて思ってる女の乳首かよ」

乳首をレロンッと舐められて、明菜はひいッと悶えた。はしたないほど尖った乳首が、苦痛ではなく悦びを表現しているのは、火を見るより明らかだ。

「あああッ……はひッ……んああッ」

「健一のものじゃ、ここまで届かないだろう。ほれ、よく見てみろ。セックスされてるオマ×コをな」

「ああ……いやですッ……そんなの、見たくないッ」

「いいから、見るんだ」

乱暴に頭を掴《つか》まれて、結合部を覗かされた。義父の荒々しさに、明菜の抗う気力も萎える。おそるおそる目を開いた明菜は、無惨に貫かれた割れ目を見て絶句した。

ゴムのように伸びた割れ目が、見たこともないほど拡張されていた。ギチギチに突っぱった膣口が極太の肉茎に食い込んでさえいる。はみ出た真っ赤な媚肉が、耕三の男根の根元に吸いつき、蛭のように蠢いていた。

（わ、私のアソコッ……はしたないいッ）

「これだけでかいものを呑み込むのは、初めてなんだろう。ふふ、ふできな息子にかわって、俺の息子で明菜さんをメロメロにしてやるからな」

耕三は何度も舌舐めずりをして、ニンマリと笑った。美貌の嫁と一つになれたことで、耕三の興奮も烈しくなっていくばかりなのだ。

「ほうれ、もっと深くつながるぞ」

「はひいッ……いやッ……こんなッ……ひいいッ」

ブルブルと震える明菜の双尻が、さらに深く耕三の肉棒に沈められた。陰毛と陰毛が絡み合うほど根深い挿入に、明菜はもうまともに声も出せない。半開きになった唇からヒューヒューと息を吐き、むしろ呆然としたように目を丸くさせているのが、結合の凄絶さを如実《にょじつ》に伝えてくる。

(お口からオチ×チンが、飛び出てきそうッ)

それほどに巨大な男根だった。あ、あ、あ、と絞るような声が唇から漏れる。ジンジンと痺れる子宮は、目に見えなくてもメロメロに蕩《とろ》けさせられ、ひれ伏《ふ》す寸前なのがわかる。

(こんなのを、続けられたら……)

きっと堕とされてしまう。牝の本能で、はっきりとそう感じる。陥落寸前の女陰を嘲笑うように、耕三は明菜の太腿を下から持ち上げ肉棒を後退させた。

「んはああッ」

膣道が急速に閉じていくのさえ、たまらなかった。亀頭だけが膣内にとどまり、悦びの痙攣を味わわれているのが、はっきりとわかる。肉層から滴《したた》る蜜液が、極太の肉茎を伝って耕三の陰毛は、驟雨《しゅうう》を受けたようにグッショリと濡れていた。

「お汁が溢れてきてるぞ。よっぽど俺のチ×ポが気に入ったらしい」

「ああッ……こんなの、ひどいぃッ……けだものッ」

「けだものになるのは、明菜さんのほうだ」

次の瞬間、明菜の腰をガッチリと掴んだ耕三の指が、柔肌に食い込んだ。再び、明菜の色気ムンムンの双尻が、巨肉の槍に向かって打ち下ろされる。

スパアアンッ！

「あああああッ」

「息子を作ったチ×ポで掘られる気分はどうだ？」

「はひぃッ……ああッ……こんなッ……ひゃあんッ」

容赦なく桃尻を串刺しにされて、明菜はひぃひぃと悶え狂った。ハート形のキュートなヒップが、ボールのように何度も飛び跳ねる光景は、まさに生唾ものだ。色気に満ちた尻が、陰毛越しの恥丘に潰され、粘ついた糸を引きつつ、また浮き上がる。尻肌のそこかしこがヒクヒクと痙攣し、まるで快感そのものになってしまったかのような自分の尻が、明菜には信じられない。

（明菜のお尻、いやらしいッ）

「なんてスケベなマ×コだ。クイクイ食い締めてくるのに、中はトロトロだぞ」

「ああ……いやッ……んああッ」

片手で尻を支えつつ、もう片方の空いた手が明菜の陰毛を掻き分けた。剝き出しになった肉芽を、耕三の指先が蜜液のぬるつきともにヌルンッと摘まみ弾く。

「ひいいいッ」

絶叫した明菜の背中が、反り返った。股間から突き抜けた快感が、背骨を伝って脳髄にまで達したかのようだ。さらにレロレロと貪られる乳首からも、ゾクゾクとした官能が注ぎ込まれてくる。三つの性感帯を同時に責められるなど、夫との交合ではありえなかったことだ。血のつながった親子とはとても思えない下品すぎるセックスに、頭も身体も灼《や》けただれて、明菜はわけがわからなくなる。

「ひいいッ……んああッ……お願いッ……やめてえッ……」

「ほんとうにやめていいのかい、明菜さん」

ピタリ、と耕三は動きを止めた。

(ああんッ……なんでえッ？)

衝き上がってくる快美感を突然断たれて、明菜は狼狽した。これでは、生殺しではないか。宿主の渇望を訴えるように、明菜の乳首は紡錘形に尖《とが》る。玩具ほしさに床をのたうち回って訴える幼児のように、明菜の肉層は停止したままの男根をギュンギュンと食い締めた。身体中が切なくて、頭がおかしくなってしまいそうだ。

「ふふ、切ないだろう、明菜さん。苦しかったら、自分から腰を振っていいんだぞ」

「ああ……そんなことッ……」

口では拒否しつつも、淫らな期待に明菜の顔は早くも蕩け、色気たっぷりの双尻がゆっくりと沈みはじめた。

（ああ……あなた……ゆるしてッ……）

一度、戒律を破ってしまえば、あとはもう堕ちていくばかり。開き直ったように明菜の桃尻は、目にも止まらぬ速さで上下し、ズボズボと肉棒を飲み込ませた。いつしか耕三の首に双腕を巻きつけ、狂ったように美貌をグラグラと揺らす。長い両脚を限界まで開脚し、腰だけが自動機械のように上下する光景は、猥雑そのものだ。

「ああんッ……はひぃッ……んはああッ」

うわずった声で快感を訴える明菜の美貌が天を仰ぐ。剝き出しになった喉元が妖しく脈打ち、ほとばしる汗が全身を濡らす。腰を揺するたび、耕三の胸板と豊乳がヌルンッヌルンッと擦《こす》れ合い、そこから凄まじい快感がほとばしる。今や、全身が性感帯となり、触られた部位のすべてから快感が送り込まれてくるのだ。

「あひぃッ……たまらないッ……このオチ×ポ、すごすぎるうッ」

「下品な台詞を言いおって。そんな姿を見たら、健一が泣くぞ」

「ああッ……健一さんのことは、言わないでえッ」

わずかによぎった夫の顔を、義父の男根によって忘却させられる背徳感すら、明菜にとってはもやは悦びだった。尻を打ちつけるたび、グッショリと濡れた陰毛同士が絡みつき、ブチッブチッと毛根が軋《きし》むのすら、たまらなかった。

(どこもかしこも、気持ちいいッ)

「スケべな顔だ、明菜さん。へへ、契《ちぎ》りを結んだ記念のキスをしようや」

「んむッ……あむうッ」

耕三のぶ厚い唇が、淡いルージュの引かれた明菜の唇を覆った。たちまちに差し込まれた舌が、明菜の舌ばかりか、歯茎や粘膜を執拗にまさぐると、ビンビンと快感が注がれてくる。

(キスまで、気持ちいいッ)

魅惑の官能を味わう口に、下の口が嫉妬したのか、対抗するように粘膜をうねらせ肉棒を愛撫する。顔からも股間からも極上の官能が押し寄せ、それが身体の中心で衝突した。

「あああッ」

ビッグバンのような快楽の爆裂に、たまらず明菜は絶叫した。痙攣しつつ後方に倒れた明菜に、耕三の肥体がのしかかる。両脚を肩まで押し込まれると、ほとんど真上から耕三の肉棒が墜落した。

「ひいいいッ！　オマ×コ、こわれるううッ」

「奥まで届いてたまらないだろう。チ×ポと子宮が、何度もぶつかってるぞ」

「あんッ！　あんッ！　あんッ！」

震える喉から細切《こま》れの喘ぎ声が響く。蕩ける子宮は、耕三の肉棒にキスの嵐を浴びせられて、いっそうメロメロになる。身体の芯に快楽の火柱が立ち、明菜は悶絶寸前だ。尻の頂上では結合部が泡立ち、肉棒が白く濁った蜜液でコーティングされていた。それが、明菜には神々《こうごう》しい光景のようにすら思える。

「イクうッ……すごいオチ×ポで、明菜、イッちゃううッ」

「へへ、極楽へイッてこいッ」

「ひいいいッ」

ガクガクと腰を痙攣させて、明菜は絶頂を極めた。同時に耕三の肉棒が逞しく膨張し、射精の予感を明菜に知らしめる。

「あぁッ……な、中はだめですッ……中は、ゆるしてッ」

「馬鹿言うな。ザーメンまみれにされたいって、スケベなマ×コが息巻いてるぞ」

「ひぃッ……だめなのッ……中は、いやあッ……妊娠しちゃううッ」

「義理の父親に中出しされた嫁が、どんな顔をするか愉しみだな」

耕三は躊躇《とまど》いもなく明菜の中に汚濁を放った。卑劣な義父の子種とも知らずに、明菜の肉層は精液を食《は》むように収縮を繰り返す。

（な、中に出されてるうッ）

あまりの衝撃に、明菜の目の前は真っ暗になった。だが、次の瞬間、熱液を浴びた子宮から快楽の閃光が走り抜け、明菜の頭の中は、フラッシュを焚かれたように真っ白になる。

「あひぃいッ……イクうッ……明菜、またイッちゃううッ」

「何度だってイッていいんだ、明菜さん」

子宮ばかりか、美貌までがはしたなく蕩けていた。凜々《りり》しい眉は八の字に傾き、三日月状になった目は快楽まみれになって焦点が合っていない。ヒクヒクと膨らむ小鼻とだらしなく開かれた唇からはみ出した舌。完全なるアヘ顔を晒して、明菜はアクメの海に溺れていく。

「あひッ……いひッ……あへッ」

「思ったとおり、スケベなイき顔だ。こんな変態嫁は、しっかり躾《しつ》けてやらんとな。

ほれ、まずは掃除から仕込んでやる。へへ、チ×ポのな」

「ぐむうッ」

粘液まみれの肉棒が、喉の奥まで突き刺さった。窒息せんばかりのイラマチオに息苦しさを覚えるより先に、明菜の喉が悦びに収縮し、たちまちに宿主を絶頂へと導いた。うむッ、あむッ、とくぐもった声を漏らしつつ、明菜は白目を剝いて失神した。

第二章　メロン畑の愛液シャワー

（どうして、こんなことに……）

　台所で朝食の支度をする明菜は、大きなため息をついた。上下する肩に合わせて、エプロン越しの豊乳までが大きく弾む。心なしかバストが一回りほど大きくなっているような気がした。それほど執拗に乳肉をこねくり回され、いやというほど絶頂を味わわされたのだ。大量に分泌した女性フェロモンが、乳肉を膨らませたのかもしれない。

（ああ……あんなに何度も……犯されて……）

　あれから耕三は、仕事に戻ることもなく日が沈むまで明菜を犯し尽くした。そればかりか採れたてのきゅうりやナスで明菜の膣を貫き、呻く口を肉棒で塞いだ。存分に放つと、今度は口に野菜を突っ込み、膣を犯す。それを何度も繰り返した。

「明菜さんの、上下の口で漬け込んだ野菜は、さぞかし美味いんだろうな」

死んだようにぐったりと畳に倒れた明菜の身体は真っ赤に染まり、今にも湯気が立ち昇りそうなほどだった。股間のつけ根から太腿の肌にかけて、何層にも上塗《うわぬ》りされた精液がベットリと付着していた。畳のそこかしこに精液と蜜液が染み込み、その濡れ痕は、今もまだ消えることがない。

（ああ……お部屋に臭いが残っていなければいいんだけど）

ちゃぶ台に人数分の箸を用意している間も、明菜は落ち着かない。窓を開け放ち、濡れ雑巾で丹念に畳を拭《ふ》いたが、ちゃぶ台そのものにも、明菜の淫臭が染みついているような気がするのだ。それほどに、凄惨な行為だった。

「おはよう、明菜。おッ、もう朝飯の準備はできているのか」

「ええ……」

機嫌よく座った夫の隣に、明菜も正座をして座った。悠人は、朝が弱いらしく、大学の授業がないときは、昼近くまで寝ていた。そこに、耕三があらわれた。含み笑いに歪んだ耕三の口元が、明菜には憎くて仕方ない。

「おはよう。おや、明菜さん、今日はずいぶんと肌艶がいいんじゃないか」

「い、いえ……いつもと変わりません」

「そう言われてみればそうだな。化粧水でも変えたのか？」

「そうだ。昨日、早く帰ってきて、ここでストレッチをしていただろう。あれの効果じゃないのかな。汗もたくさん掻いていたようだし。ふふ、ほら、そこらじゅうに明菜さんの汗の染みがあるじゃないか」

「ほんとうだ。そういえば、ちょっとこの部屋臭《にお》うな。どれだけ汗をかいたんだ、明菜」

ははは、と高らかに笑う夫の鈍さが、明菜には恨めしい。あなたの父親に、私は散々、嬲られたのよッ。だが、そんなことを言えるわけもなく、明菜は曖昧に頷《うなず》くしかなかった。

「たっぷり汗を掻いたのなら、塩分を摂るといい。ほら、きゅうりとナスの浅漬けだ」

小皿に並べられたきゅうりとなすを見て、明菜は、ハッとした。これは、昨日、散々自分を貫いた野菜ではないか。

「どれどれ……うん、美味いな。いつも親父が作る浅漬けよりも美味いぞ」

「漬け方が違うんだ。わかるか、健一」

明菜の真向かいに座った耕三の爪先《つまさき》が、いきなり明菜のスカートの中に潜り込んできた。素足の耕三は五本の指を駆使してクロッチを捲り、剝き出しになった割れ目をいやらしくなぞる。

（こんなッ……健一さんがいるのにッ）

「んあぁッ……」

「どうしたんだ、明菜」

「いえ……虫が……飛んできて……」

「田舎は虫が多いからなあ。うーん、しかし、漬け方か。見当もつかないな」

夫がきゅうりを咀嚼《そしゃく》するコリコリという音に合わせて、耕三の爪先が明菜の媚肉をクチュックチュッといじり回す。散々に犯された明菜の媚肉は、昨日に受けた快楽の残り火をまだとどめていた。屈辱の愛撫にも、明菜の肉層は一気に熱を帯び、官能の焔《ほのお》で燃え上がる。

（んあぁッ……こんなッ……悔しいッ）

自分を強姦した男の足で快感を味わわされるなど、明菜にとっては屈辱でしかない。だが、気を抜くと身体が仰け反りそうだった。思わず漏れそうになる吐息を無理やり飲んだコーヒーで何とか押し戻す。その間も、耕三の爪先は明菜の縦筋を何度もなぞり、肉芽の包皮さえ剝き上げてきた。

「ひいいッ」

こらえきれずに美貌を反らせた明菜を見て、耕三がすかさずフォローを入れる。

「天井にゴキブリがいたみたいだ」

「なんだ、ただのゴキブリか。東京じゃ、あまり見かけないからな。そろそろ慣れろよ」

「え、ええ……ごめんなさい……」

謝っているうちにも、耕三の指はどんどんエスカレートしていく。左右の足指を巧みに駆使した耕三は、割れ目を拡げつつ、肉芽をジワジワと擦りはじめたのだ。ビリッビリッと電流を流されたような快感に、正座をした明菜の尻が小刻みに浮き沈む。

(ああッ……)

たまらず半開きになりそうな唇をギュッとつぐんで、明菜は耐えた。おぞましい愛撫にも、明菜の身体は従順に反応し、ブラジャーの中の乳首が尖る。たちどころにふやけた肉層の奥から、ツーッと薔薇汁が溢れ、パンティの中が蒸れたような湿気に満ちていくのが明菜にはっきりとわかる。

「うーん、ほのかに酸味があって、苦みもあるのに、妙に濃厚なんだよな。飯が進むよ。明菜、ご飯のおかわりをくれ」

「明菜さんだって、これから仕事なんだ。飯くらい自分でよそえ」

仕方ないな、と言いつつ夫は、台所に向かった。

「自分の妻の汁漬けで飯をかっ込むなんて、あいつはとんだまぬけだな」

「もう、やめてくださいッ……実の息子の前でなんてことを……」

「明菜さんこそ、夫の前で、よくもまあ、そんなに感じまくれるものだな」

ピンッ、と足の指先で肉芽を弾かれて、明菜はひいッと悲鳴をあげた。絶頂してしまったのだ。あ、あ、とうわずった声を漏らす明菜の上半身が、ギリギリと引きつる。それとは裏腹に、弛緩した下半身は大胆に割れ目を拡げ、ピュッピュッと蜜液を噴き出してしまう始末。

「ああッ……こんなッ……んああッ」

「夫が仕事に行く前に自分がイクなんて、なんてふしだらな嫁だ」

「はひいッ……あああッ」

明菜は困惑の悲鳴をあげた。波打つように痙攣する下腹に応じて、肉層の奥からゴポポッと白濁が溢れてきたのだ。その量の凄まじさに、明菜はどれだけ自分が犯されたかをあらためて思い知った。

（こ、こんなに出されて……ほんとうに、妊娠しちゃうッ）

「こりゃ、我ながらすごい量だ。ひひ、自分の分身が明菜さんのマ×コにうようよいるかと思うと、たまらんな」

戻ってきた夫は、妻が絶頂を迎えたことにも気づかない。暢気に、美味いなあ、と舌鼓《したつづみ》を打って、きゅうりとナスをたいらげてしまった。

「美味かっただろう、健一。明菜さんに作り方を教えておいたからな。そうそう、それとな、今日は収穫量と出荷量が多いんだ。午後から一時間ばかり明菜さんに手伝ってもらえると助かるんだが」

「なんだ、そんなことお安いご用さ。ただで住まわせてもらってるんだし。一時間くらい大丈夫だよな、明菜」

「え、ええ……」

(ただなんかじゃないのにッ)

耕三と健一が家を出ても、立てつづけに極めた明菜は、立ち上がることもできない。痺れる両脚を無様に投げ出したまま、明菜は精液まみれの股間を拭い、すすり泣いた。この様子を、そっと開かれた襖の隙間から悠人が覗いているのも、絶望に打ちひしがれる明菜はまったく気づかなかった。

午後二時頃になって、明菜はしぶしぶビニールハウスに向かった。メロンなど雨を避けたい果実をハウスで育てているらしく、ちょうど今頃から収穫の時期のようだ。家から十分ほど歩いただけで明菜は汗まみれになった。こうなることを予想して、明菜はTシャツと綿パンを着用し、髪を一つ縛りのポニーテールにした。

(いやだわ……また、何かされたら……)

明菜は不安におののいた。だが、ビニールハウスの中には、窃盗防止のために監視カメラが至るところに設置されていると夫が言っていた。記録されるのであれば、耕三もおいそれと手出しはできないだろう。でなければ、耕三と二人きりになるなど、怖ろしくてできはしない。

「遅かったじゃないか。オマ×コを拭うのに、そんなに時間がかかったのか」

いきなり卑猥な挨拶を浴びせられて、明菜は顔をしかめた。

「お義父さん……あなたはッ……あなたという人はッ……」

「久しぶりに俺も燃えたよ。ふふ、明菜さんもよかっただろう。まさか、明菜さんがあんなに乱れるとはな」

「ち、違いますッ……収穫をするんでしょう。手伝うから指示してください」

「そう急くな。誰が素人にメロンなんか収穫させるものか。収穫するのは、この俺だ。

へへ、そのメロンみたいなおっぱいをな。ほれ、全裸になるんだよ」

「ば、馬鹿なこと言わないでくださいッ」

ニタリと笑った耕三が、ポケットから出したスマホの画面を明菜に見せつけた。

(な、なに、これッ?)

明菜の顔が驚愕に歪んだ。居間で全裸になった明菜の股間から、きゅうりが飛び出していた。そればかりか、仰向けになった明菜はカエルのように無様に両脚を開き、両手で握ったきゅうりで自分の膣を抉っていた。いいッ、とかオマ×コ、たまらないッ、と恥ずかしい台詞をひっきりなしに漏らしつつ、狂おしく美貌を振り乱す。

(あぁッ……これがッ……こんなのが、私ッ……?)

「悪いが、監視カメラを居間の天井に設置しておいたんだ。このへんのことは覚えていないだろう。無我夢中でイキまくっていたからな。今どきのカメラはすごいんだな。映像をスマホで見れて、保存までできるっていうんだからな。そのおかげで、嫁の淫らな姿をこうしていつでも見られるわけだ」

「そんなッ……ひどいいッ」

「ひどいのは、健一という夫がいながら、きゅうりでアクメする嫁だろう」

ああッ、と目を見開いた明菜は画面を見て絶句した。絶叫しつつ、ギリギリと裸身を絞る自分が、きゅうりで絶頂したのは明らかだった。踵がクンッと浮き上がり、ブリッジをするような格好をしたままガクガクと腰を震わせる姿は、色魔《しきま》としか思えない卑猥ぶりだ。

「こんなのを健一が見たら、泣くだろうな。ましてや新しい取引先の方々や工場の従業員が見たら事業の存続も危うくなるだろうな」

「そ、それだけは、やめてッ……」

「なら、つべこべ言わずに素っ裸になれ。スニーカーははいたままで、いいぞ。ひひ、そのほうがエロいからな」

「ああ……」

明菜は、がっくりとうなだれた。完全に弱みを握られてしまったのだ。見せられた映像には明菜しか映っていない。そこだけを見れば、きゅうりで自慰行為する変態的な人妻としか見えないのだ。

(もう、逆らえないんだわ)

明菜の震える指先が、Tシャツの裾を摑んでゆっくりと捲り上げた。形のいい縦長の臍が露《あらわ》になると、耕三は何度も舌舐めずりをした。おぞましさに背筋が震えるのに耐えて、明菜はシャツを頭から抜き取る。花柄のブラジャーに覆われた乳房が、羞恥と熱気でたちまちに汗まみれになる。胸元からムンムンと立ち昇る人妻の濃厚な体臭が、ハウスの中に充満し、今にも噎せ返りそうなほどだ。

「メロンより香《かぐわ》しい匂いじゃないか。ふふ、農家としては、複雑な気分だな」

（ああッ……恥ずかしいわッ）

「おっぱいもメロンよりでかいぜ。ふふ、明菜さんのメロンのほうが、高値で売れそうだな。まったく農家泣かせの嫁だ」

ズボンを脱ぐときには、ヒップを突き出す無様な格好を見られてしまうのが、悔しくて仕方がない。裾から足を抜いてしまえば、あとはもう下着とスニーカーだけになった人妻の半裸が、ハウスの中で妖しく咲き誇る。

「下着も取るんだよ、明菜さん」

「ううッ」

命令されれば、従うしかない。ブラジャーを外し、パンティを脱いだ明菜は、胸と股間を左右の手で隠した。恥じらいから、クネクネと身体をひねらせる仕種《しぐさ》が、むしろ耕三の情欲を刺激してしまうのは皮肉だ。片腕ではとても隠しきれない豊乳は、コップになみなみと注がれた水のように張力を発揮し、今にも零れ落ちてしまいそうだ。豊かに繁茂《はんも》した陰毛が、細くしなやかな明菜の指の隙間からはみ出しているのも、かえって猥雑さを掻き立てる。

「下着姿もいいが、やっぱり美人には素っ裸が似合うぜ」

美しい嫁の裸身に、耕三は胴震《どうぶる》いした。散々に犯し尽くされた明菜の身体は、明らかに昨日よりも色気が増していた。ムチッとした胸と尻の膨らみからは、目眩《めまい》がするほどのフェロモンが撒き散らされ、耕三を誘惑しているようですらある。

「メロンなんかより、よほど美味そうな身体だ」

ぐへへ、と下卑た笑い声を漏らすと、耕三は見せつけるように服を脱いだ。すでにいきり勃《た》った赤黒い肉棒が、待ちきれないばかりに勢いよく飛び出し、明菜を威嚇した。その様は、獲物を捕獲しようとするコブラのようだ。

（ああ……や、やっぱり大きい……）

太陽の光の下で見る耕三の男根は、幾本ものスジがはっきりと浮き出て、怖ろしいほどゴツゴツとしていた。触れなくとも、その硬さが尋常ではないことがはっきりとわかる。にじり寄った耕三の肉棒に太腿を突かれると、肌から異常な熱が伝播《でんぱ》し、それは股間にまで達した。

「ひいいッ」

明菜の腰が思わずビクビクと跳ねる。昨日、何度も極めさせてくれた男根を、明菜の身体は恋《こ》い焦《こ》がれていたのか、触れられただけで官能がほとばしってしまうのだ。

(ちょっと触られただけなのにッ)

「小突いただけで、この反応か。へへ、どうやら昨日のセックスで、うちの嫁の身体は完全に花を開かせたようだな」

耕三の指先が、茂みを掻き分けて明菜の割れ目をまさぐった。さらに首筋を舐められ、まろび出た豊乳を荒々しくこねくり回される。密着した二人の身体がもつれ合うたび、噴き出した汗でヌルンッと漏れる卑猥な音が、明菜の鼓膜までをも辱める。

「ああッ……こんなところでッ……人に見られちゃうッ」

「こんな時間に、人なんか来ねえから安心しろ。まあ、たまに農家仲間が茶菓子を持ってきたりはするけどな」

透明なビニールハウスの中は、外から丸見えなのだ。こんなところを近所の人に見られたら。そう思うと、明菜は生きた心地もしない。だが、明菜の不安などおかまいなしに、耕三は乳房にむしゃぶりつきつつ、いっそう明菜の割れ目を嬲る。

「ひいいッ……いやあッ……んはああッ」

いっそう深く耕三の指が、明菜の肉層を掻き回す。屈辱の愛撫に明菜の美貌が歪む。だが耕三の愛撫をしっかりと記憶してしまった明菜の身体は、容赦なく快感を味わわされるしかない。立っているのもやっとの有様にされた明菜は、はあはあと火の息を吐き、妖しい官能世界に引きずり込まれていく。

「はひいッ……も、もう、ゆるしてッ……これ以上は、いやあッ」

明菜の腰が落ち、スニーカーをはいた両脚が蟹股《がにまた》になって土を踏みしめた。股間から衝き上がってくる快感に両脚が痺れ、今にもへたり込んでしまいそうだ。汗まみれの下腹が、ブルブルと波打つ光景が、明菜には悪い夢のようだ。

「こんなに敏感な人妻は、滅多にいないぞ。ひひ、ゾクゾクするぜ」

(悔しいッ……悔しいいッ)

こんな男の愛撫で、めくるめく官能を味わわされる。女の底知れぬ欲望が、憎い。だが、股間から漏れる水音はますます烈しくなり、ふっくらとした肉層がポンプのように収縮をはじめた。

「はひッ……やめてッ……明菜、イクッ……ひゃあんッ……イッちゃううッ」

「イッていいんだ、明菜さん。へへ、メロンに水やりをしてくれるんだろ」

「ひいいいッ」

ガックンガックンと腰を震わせて、明菜は極めた。美貌が仰け反るのと同時に、前方に突き出された股間からブシャアアッと大量の蜜液がほとばしる。

「こりゃ、すげえ。こんなのをぶっかけられたら、さぞかしスケベなメロンができるぜ」

メロン畑に明菜の汁が雨のように降り注いだ。汁を搾りきっても、まだまだ明菜の尻の痙攣は止まらない。肉づきのいい双尻が、肌を震わせ汗と汁を撒き散らす。

「ああ……ひいッ……んひゃあッ」

「これだけ噴いたら、もう我慢できないだろう」

明菜の正面に回り込み、耕三は明菜の裸身を抱えた。駅弁ファックの体位になった明菜のハート型の双尻が、ジワジワと耕三の肉棒に沈んでいく。

「あああッ……挿《い》れちゃ、いやあッ……挿《はい》ってこないでえッ」

「どの口が言ってるんだ。下の口は、こんなに蕩けてるってのによ」

「ひいいいッ」

ズンッ、と巨肉の槍に貫かれて、明菜の美貌が仰け反った。うむッと歯を食いしばった明菜の量感たっぷりの尻は、見事に串刺しにされていた。身体を真っ二つにされたような凄絶な挿入感に、明菜は何も考えられなくなる。

（こ、これを挿れられるとッ……明菜、おかしくなっちゃうッ）

「ほんとうにスケベな尻だ。この尻でたぶらかして、健一をものにしたってわけか。

情けない息子だ。女の尻ってのは、男が嬲ってやるものなのにな」

耕三は、スパンッ、と明菜の尻を平手打ちした。悲鳴をあげるようにすぼんだ尻肉を、さらに耕三が搾るように両手で揉み込む。

「ひいッ……ぶつのは、いやあッ」

「スケベな尻は、ぶたれるとますますよくなるんだ。明菜さんほどの変態なら、むしろ病みつきになるぞ」

耕三はリズミカルに腰を振りつつ、明菜の双尻を二度三度と平手打ちした。打擲《ちょうちゃく》されると尻肉が引きつり、肉層がギュンッと引き締まる。ゾクッとするほどの快感に、明菜は狼狽した。

（ぶたれてるのに、なんでえッ？）

「ひゃあんッ……お尻がッ……どうしてッ……あひいいッ」

「ほれ、言ったとおりだろ。ぶたれて犯されるのがたまらない、変態尻だ」

（お尻が、燃えちゃううッ）

まさに尻に火がついたようだった。ぶたれるたび、狂おしく突き上がる肉棒からは、気も狂わんばかりの快楽が噴き上がり、身体の芯までがただれていく。このままでは、どうにかなってしまいそうだ。

「ひいッ……いやあッ……これ以上は、いやあッ……あああッ……いいッ……違うッ……よくないッ……あひいッ……いいッ……ち、違ううッ」

「正直になっていいんだ、明菜さん。ひひ、このチ×ポがたまらないんだろうが」

「あああッ……いいッ……いいわッ」

うつろな瞳を晒したまま、明菜はうわごとのように耕三の男根を称揚した。焦点の合わない目が、極上の快楽を探し求めるように左右に揺れる。尻も乳房もはしたないほど揺らしつつ、明菜は官能の回廊を彷徨《さまよ》っていく。

(あなた……はしたない明菜をゆるしてッ)

一度懺悔《ざんげ》してしまえば、人妻をとどめるものは、もう何もなかった。自ら尻を揺すっては奥まで肉棒を誘《いざな》い、開き直ったかのように、いいッ、たまらないッと連呼する。尻の内側で快楽が次から次へと爆裂し、頭ばかりか身体までもが溶けていく。

「イクうッ……明菜、イキますッ」

「メロン畑で、うんと花開きな」

スパンッととどめの打ち込みを食らった明菜の美貌がギリギリと仰け反った。ひぎいいッ、と怪鳥のような悲鳴を轟《とどろ》かせると、明菜の黒目が反転し、ブクブクと泡を噴く。知性のすべてをかなぐり捨てたかのような表情は、目も当てられないほど下品だ。

（お尻、いじめられて、しあわせえッ）

さざ波のようにうねる尻肉の中で、耕三の肉棒がドクドクと精液を注ぐ。灼けるような熱が押し寄せ、明菜の尻は異様な多幸感にどっぷりと浸らされた。嬉しいッ、気持ちいいッ、と悦びを叫ぶように、うつ伏せに倒れた明菜の尻が、メロンの畑の中で跳ね回る。

「んはあッ……あひぃッ……うむむッ」

「こんなスケベなメロン尻は、市場に出したらすぐに買い手がつくだろうな」

うつ伏せになった明菜の尻が、メロンに混じっていやらしく震えていた。パックリと開いたままの肉壺が妖しく蠢き、ブビッと白濁をほとばしらせる。メロンの葉にべットリと精液が付着し、ポタポタと土に滴り落ちていくのを、耕三は満足そうに眺めた。

「このいやらしい尻は、我が家の家宝だな」

価値ある陶器を愛でるように、耕三は明菜の尻を撫で回した。そのとき、ガサッと音がした。はッとした明菜が振り向くと、そこに悠人が立っていた。

「おじさん、自分ばかり愉しんで、ずいぶんなもんだな」

「なんだ、悠人か。びっくりさせおって」

「自分の息子の嫁を犯っちゃうなんて、さすがはじいちゃんだ」

「お前こそ、学校中のいい女を強姦して、地元にいられなくなったくせに、よく言うな。まあ、やっぱりお前も俺の血を引いているというわけか」

耕三と悠人の目が合うと、二人の口元が不気味に歪んだ。これから同じ家に住む仲同士、明菜を共有しておいたほうがなにかと便利だと利害が一致したのだ。

（まさかッ……こんなッ……悠人くんまでッ……）

「あ、そういうわけだ。明菜さんの身体を俺も愉しませてもらうよ」

二人の残酷な目つきに、明菜は震え上がった。鬼畜の家系なのだ。健一がむしろ突然変異的に温厚なのであって、この二人の身体に流れる血は、卑劣漢《ひれつかん》そのものだ。

「ああ……いやッ……二人がかりなんてッ……」

「明菜さんはどうやら変態みたいだからな。二人に犯られるのもすぐに病みつきになっちまうだろうな。なにせ、女にはもう一つ穴があるんだからな」

「ひッ……近寄らないでぇッ」

痺れたままの両脚を引きずったまま、明菜はメロンの葉の中を匍匐《ほふく》前進して逃亡をはかった。白濁まみれの尻を振って逃げ惑う人妻を悠人は悠然と見下ろした。迫ってきた悠人の指先が明菜の肛門をとらえ、ズブリと抉る。

「ひいいいッ……そ、そこは、違ううッ」

「ここで、いいんだ、明菜さん。人妻の肛門は俺も初めてだから興奮するぜ」

「ああッ……いやですッ……お尻なんて狂ってるわッ……はひいいッ」

ユルユルと肛門をほぐされて、明菜は奥歯を噛みしめる。おぞましい感覚に手足を動かすこともできず、宙吊りにされた双尻をブルブルと震わせる。

「どうやらアナルバージンらしいな。こんなスケベな尻を放っておくなんて、健一おじさんもどうかしてるぜ。へへ、明菜さん。俺が尻のよさをうんと教えてやるからな」

「いやッ……いやあッ……お尻なんて絶対にいやッ……ひぎいッ」

中指の根元までを一気に埋め込まれて、明菜は悶絶した。悠人の手のひらが尻たぶに密着するほど根深い挿入に、明菜の唇がワナワナと震え、見開いた目が屈辱にまみれる。

「んああッ……痛いッ……抜いてッ……ひいッ……抜いてえッ」

「これくらいで喚いていたら、この先、もたないぞ」

「うむッ……んぐぐッ……ひいッ」

執拗にこねくり回される肛門が、次第にふやけていくのがわかる。それが、明菜には怖ろしい。極めつづけた膣に影響されているのか、肛門の粘膜までもが痺れ、明菜に異様な感覚を与えてくる。

「ああッ……いやッ……お尻なんて、いやッ……いやあッ」

気も狂わんばかりに明菜は美貌を振り乱して抵抗した。だが、悠人に二度三度と頰を打たれると、抗う気力が一気に萎《な》えた。両脚の力がふっと脱けて崩れ落ちそうになるも、碇《いかり》のように悠人の指が尻を引き上げて、倒れることもできない。残酷な仕打ちに、明菜はわあッと泣き喚いた。はるか歳下の男に肛門をいじられ、頰を打たれる。なんという拷問だ。

「おとなしくしろや、明菜さん。口では泣き喚いても、尻のほうがだんだん蕩けてきてるんだからよ」

「悠人は、マ×コだけじゃなく、アナルまで強姦し尽くしたんだ。それが発覚するのを怖れてみんな、告訴を取り下げたんだよな」

(そ、そんなッ……)

悠人の残虐な行為を知って、明菜の顔から血の気が引いた。このままでは、ほんとうに肛門を犯されてしまう。

「ほうれ、よくなってきたぞ」

だが、いじられるうち、明菜の肛門はふっくらと蕩けてきた。おぞましい指にも次第に慣れ、膨らんだ肉層がクイクイと蠕動《ぜんどう》する。

「なんて締まりだ。指が食いちぎられそうだぜ。これまで犯ったどんな尻よりスケベだ。さすがは人妻だぜ」

悠人はさらに人差し指を追加した。二本の指で明菜の肛門を押し拡げ、肛門口をギチギチに拡張する。

「ひいいッ……裂けちゃうッ」

ガチガチと奥歯を食いしばる明菜の美貌が戦慄《せんりつ》に歪む。だが悠人は、二本の指を捻るように回転させ、かつズンッと容赦なく抽送する。それを執拗に繰り返されるうち、明菜の肛門の内側から妖しい痺れが押し寄せてきた。泣き声もいつしかすすり泣きに変わり、最後には、艶めいた甘声になる。尻がどうにかなってしまいそうなのだ。

「ひゃあんッ……もうッ……だめぇッ……ああんッ……お尻がヘンになっちゃうッ」

「もう感じてやがるのか。こりゃ、そうとうなアナニストだぜ。尻の天才ってやつだ」

「ほう、悠人が言うんじゃ、ほんものだな。ふふ、ある意味、健一にも女を見る目があったってわけか」

屈辱の称揚を、明菜は一蹴することができない。尻の中から押し寄せる感覚には、明らかに苦痛と異なるときめきのようなものが混じっていた。生まれて初めて異物を呑み込む肛門は、愛しい人に瓜《うり》を破られる瞬間のようなときめきと期待に満たされていく。

（ああッ……こんなッ……お尻なのにッ……）

「あううッ……お願いッ……もう、ゆるしてッ……お尻なんて狂ってるわッ」

「言い回しが間違ってるぜ、明菜さん。尻で狂うんだよ」

「ひいいッ」

鉄のように熱いものを肛門にあてがわれて、明菜は身をよじった。赤黒く変色した悠人の亀頭が、明菜の窪みをなぞり、今にもこじ開けようとしていた。尻たぶの向こうで見え隠れする悠人の男根は、耕三にも負けないほど巨大だ。欲望のはけ口を求めるようにビクビクとしなりつつ、明菜の肛門に狙いを定めている。

「ああッ……こわいッ……こわいいッ」

「心配するな。すぐにたまらなくなるからよ」

リンゴ飴ほどもある巨大な亀頭が、明菜の肛門の内側に潜り込む。それだけで、明菜は息もできない。肛門の中心に寄った皺《しわ》がたちまちにゴムのように伸び、今にもはち切れてしまいそうだ。

「うむッ……ひぎッ……お、お尻、こわれちゃうッ」

「まだ頭だけしか挿ってないぞ。アナルセックスってのは、ここからがいいんだ」

肉層を掻き分けて、悠人の肉棒がさらに奥深くへと捻り込まれた。ブチッブチッと筋が切れる音が尻から漏れてくるのが、明菜は悪い夢のようだ。

（ほんとうにお尻を犯されてるッ）

「ほうれ、根元まで呑み込めや」

「ひぎいッ」

つんざくような悲鳴とともに、明菜の美貌からどっと脂汗が噴き出した。わずかな隙間もなく呑み込まされた肉棒が、尻の中で嘲笑うように飛び跳ねる。おぞましい感覚に、言葉を発することもできず、パクパクと唇を開閉して息を喘がせる。

「あッ……あああッ……」

「初めてだってのに、根元まで丸呑みじゃねえか。とことんスケベな尻だぜ」

（こんなッ……お尻でだなんてッ……）

肛門を塞がれているのに、喉まで塞がれてしまったように息ができず、明菜は窒息寸前だ。だが、明菜の肛門粘膜は、突然の訪問者に臆することもなくギチギチと食い締め、まるでコンドームさながらに悠人のものをくるみ込む。

「肛門口がチ×ポに食い込んでるぜ。ひひ、情熱的な尻だ」

「あひッ……うむッ……んああッ……抜いてッ……ほんとうに裂けちゃうッ」

「馬鹿言うなよ。ここからが人妻の尻の本領発揮だぜ」

尻の中を滅茶苦茶にこねくり回されて、明菜はひいッひいッと狂い泣いた。貫かれる魅惑の直腸から、ドロドロとした官能が這い上がり、それが全身にまで及ぶ。四つん這いになった手足が崩れ落ちそうになると、深々と杭打ちされた肉棒に尻を引き上げられて、倒れることもゆるされない。

「ひいいッ……お尻がこわれちゃうッ……ぐむむッ」

グラグラと揺れる美貌を狙い打ちしたように、耕三の肉棒が明菜の口内に捻り込まれた。尻と顔を同時に犯されるなど、明菜には信じられない。

「尻を犯られてりゃ、もう一本は当然こっちの口だ。うすうす勘づいていただろう」

（こんなッ……二本いっぺんにだなんてえッ）

ただれたような熱が、肛門からも口からも押し寄せて、明菜の身体は今にも溶かされてしまいそうだ。総身を絞り、くぐもった喘ぎ声を漏らす明菜からは、人妻にしか醸し出せない艶絶のオーラがだだ漏れだ。人妻の凄まじい色気に、耕三と悠人の腰もいっそう烈しく振り乱れる。

「喉がキュンキュンしてるぜ。チ×ポが好きで好きでたまらないって感じだ」

「尻もすごいぜ、じいちゃん。地元で犯った女子大生のアナルなんか目じゃないよ。キツキツなのに、中はトロトロだ。人妻ってのは、やっぱり違うな」

「んぐぐッ……ううううッ」

獣の唸《うな》り声のような明菜の声が、快感のレベルが上がったことをまざまざと知らしめる。火が出るほど擦られる肛門から、ときめきのような快感が膨らんできたのだ。

（お尻でッ……？　お尻なのにいいいッ？）

肛門で感じるなど、変態ではないか。だが、快感まみれにされた明菜の双尻は、凄まじい打ち込みにヒクヒクと痙攣し、快感爆弾そのものになってしまったかのようだ。炸裂のタイマーは容赦なく作動し、絶望の絶頂に向けて否応なしにカウントされていく。

「尻イきしそうだな、明菜さん。ふふ、初めてのアナルセックスで絶頂する人妻。AVのタイトルみたいだぜ」

「喉イきもさせてやる。うちの嫁は、飲み込みが早いだろう」

「文字どおり、チ×ポの飲み込みが早いってわけか」

高笑いした悪魔の一族は、獣のように腰を振りたくった。尻も口もパンッパンッと打たれ尽くして、明菜はもう何がなんだかわからないままも悶えるばかり。身体中から噴き出す人妻のフェロモンは、メロンにまで染みついてしまうようだ。

「ほれ、イけッ！　尻でイッちまえッ」

「ロマ×コなら口マ×コらしく、派手にイくんだッ」

（くるうッ……明菜、くるッちゃうッ）

頭にも尻にもドクドクと精液を注がれて、明菜は絶頂した。真っ白な裸身がよじれによじれ、突き抜けるような絶叫に、ハウスが揺れる。白目を剝き、失神しても明菜は解放されることをゆるされない。耕三と悠人に、入れ代わり口と肛門を犯され、精液を浴びせつづけられた。当然のように飲み干した精液がなみなみと胃に溜まり、肛門の中の精液とともグツグツと煮えたぎり、内側からも官能を送り込んでくる。

「ひゃあんッ……もう、ゆるじでッ……あぎなッ……ごわでぢゃうよおおッ」

「これが、あの明菜さんか。起業どころかまともな仕事ができるとは思えない堕ちっぷりだな」

幼児退行したかのようなの言葉遣《づか》いで、明菜がどれほどの快淫を味わわされているのかがわかる。理性も知性も吹き飛ばされて、童心に返ったように身体が快楽にはしゃいでしまうのをどうしようもないのだ。

「あぎなッ……おがじくなるうッ……んああッ……」

「おかしくなっていいんだ、明菜さん。ほれ、狂えッ！　狂うんだッ」

「んぐううッ」

耕三と悠人は、身体を入れ代えては犯し、犯しては入れ代わる。それを執拗に繰り返した。しかも狙うのは、あくまで口と肛門だ。女陰を使わず絶頂しつづける悦びと屈辱をとことんまで味わわせようという魂胆なのだ。

「んひゃあッ……うむッ……おじり、だまらないいッ」

背徳の台詞をついに口にした明菜は、狂ったように尻を振り、官能の泉へと身を沈めた。ハート形のキュートなヒップが汗と精液まみれになって、振り子時計のように揺れまくる。

「こりゃ、日本一の尻だぜッ。こんなスケベなケツと一つ屋根の下で暮らせるなんて夢みたいだ」

「健一の人女を見る目も馬鹿にできんな。いや、尻を見る目か」

（お尻で、イくうッ）

ブルブルと総身をひねって、明菜は絶頂した。両手足が崩れ落ち、メロンの葉の中にうつ伏せに倒れた明菜の尻が、ビクビクと震えている。

「いやらしいメロンが一つだけあるぜ」

「ふふ、甘酸っぱくてスケベな匂いをプンプンさせておって」

いかにも瑞々しいメロンに混じって、人妻の熟尻が痙攣していた。男根の形をとどめたままの肛門はポッカリと口を開き、真っ赤な媚肉とそれに絡みつく精液の白さが、異様なほど映える。

「こりゃ、見事な紅白だな」

「アナルバージン喪失、おめでとうって自分で祝ってるわけだな」

「ほれ、自分で開いてもっとよく見せてみろ。記念撮影してやるぞ」

「ひッ……ひゃんッ……あぁッ……」

蕩けきった明菜の脳は、言われるがままに動くことしかできない。土に頬を擦りつけて、高く掲げたヒップの窪みを、しなやかな指先が左右に押し拡げた。ゴポッ、と白濁が溢れる感覚すらたまらないのか、あひッ、んはッ、と悶えた明菜の双尻が、またしてもガクガクと痙攣する。

「はい、チーズ」

耕三と悠人の間で、高く掲げられた明菜のヒップが小刻みに震えていた。スマホの自撮りモードを作動させた耕三は、悠人とともにピースして、快楽と精液まみれにされた人妻のヒップと記念写真を撮った。突き出された二人の指は、そのまま明菜の肛門に捻り込まれ、ひねるような抽送をはじめる。

「ひいいいッ！　指がいっぱいいいッ」

「何度でもイッていいんだ、明菜さん」

「イけばイくほど、尻の感度がよくなるぞ」

お尻、いいッ、と何度も連呼する明菜の尻は、メロンに混じって何度でも飛び跳ね、極めさせられつづけた。

「とにかく風呂に入ってこいよ、明菜さん。それじゃ、犯りまくってましたってばらしているようなもんだ」

「特に、尻は念入りに洗わんとな。股ぐらに潜り込んだ健一が、びびって小便を漏らしてしまうかもしれん」

家に着くなり、三人はもつれ合うように浴室になだれ込んだ。解《ほど》けかけたポニーテール、頬にこびりついた土、皺だらけの服。誰が見ても強姦された直後だとわかるほど、明菜の姿は惨めだった。

「ああッ……いやですッ……一人で入らせてえッ」

「今さら恥ずかしがることないだろ。尻でつながった仲だろうが」

「じいちゃんと俺、穴兄弟なわけか。親戚なのに、アナル兄弟ってわけだ」

「祖父と孫のかすがいは、明菜さんの肛門ってわけだな」

ゲラゲラと笑い合いつつ、鬼畜たちは、再び明菜の服を毟《むし》り取った。美貌の人妻を裸身に剝き上げるのは、何度やってもたまらないのだ。

「ひいいッ」

「汗とザーメンの臭いがプンプンするぜ」

「きれいに洗ってやらないと、レイプされたってばれちゃうからな」

古い家だが、先代のこだわりで風呂だけは広い。檜《ひのき》造りの足場と浴槽だけが、先代唯一の自慢だったようだ。家を出る前に、すでに悠人が湯を張っていたらしく、浴槽からはモクモクと湯気が立ち昇っていた。無理やり、浴室に押し込まれた明菜の裸身に、湯煙がまとわりついた。いつもは心地よいこの感覚も、明菜にとっては生き地獄でしかない。犯され尽くした肛門が湯気で灼かれ、ジンジンとひりついてしまうのだ。

(んああッ……お尻の穴がッ……)

「へへ、たっぷり犯らせてもらったお礼に、身体を洗ってやるよ」

「ひッ……そんなッ……いやッ……いやですッ……」

散々に犯されても、まだ恥じらいがあるのか、明菜はクネクネと身をよじらせて、豊乳と股間を隠そうとする。そのいじらしさが、二人の鬼畜にはたまらない。強引に風呂椅子に座らせた明菜の裸身を、二人の両手がたちまちに泡まみれにした。

「ひいいッ」

耕三が右、悠人が左のバストを、泡とともにヌルンッと擠る。それを執拗に繰り返されると、直接の性感帯ではない乳房からゾクゾクとした感覚が注ぎ込まれた。触れられてもいない乳首が硬く尖り、泡の中からクンッと顔を覗かせるのが、雪原に芽吹いたふきのとうのようだ。雄の臭いに誘われて、ムクムクと育ってしまったかのような乳首は惨めというしかない。

(ああ……私の身体……ヘンになってるッ)

「触れてもないのに、こんなに乳首をおっ勃ておって。このスケベ妻め」

「洗ってほしいっておねだりしてるだろ。この変態嫁は」

好き勝手に罵られても、明菜には反論の余地もない。頭では拒否しているのに、明菜の身体は汚らしい獣の手にいじられてたくて仕方ないのか、クネクネと媚態を披露してしまうのだ。

（なんて……なんて、いやらしいッ）

「んあぁッ……ひゃあんッ……あひぃッ」

獣たちの手のひらが、泡のぬるつきとともに左右の乳首を撫で回した。それだけで、明菜の喉から快淫の悲鳴が漏れ、弓なりに背中が反り返る。乳首そのものが快感の爆弾となり、今にも炸裂しそうな期待で、はあはあと息を喘がせる。

「犯れば犯るほど感度がよくなるな」

「やっぱり人妻の身体ってのは、スケベなんだな。いや、明菜さんがスケベなだけか」

「スケベな嫁の穴をきれいにしてやらんとな」

密着し合いつつ、三つの裸体が立ち上がる。いつの間にか挟み打ちにされた明菜の膣と肛門に泡まみれの肉棒があてがわれ、円環を描くようになぞられる。

「ひぃいッ」

「奥の奥まで泡まみれにしてやるからな。へへ、サンドイッチでな」

正面から迫る悠人に両脚を持ち上げられたところを、背後から耕三の腰がグンッと明菜の下半身を圧迫してきた。獲物を捕食しようと本能を研ぎ澄ませる蛇のように、おぞましい肉棒が女の窪みを探り当て、内側へと分け入ってくる。

「いやあッ…………無理ですッ……二本、いっぺんなんて無理いいッ……やめてえッ」

「スケべな人妻に不可能なんてない」

前後から迫る肉棒が、ジワジワと肉層を押し拡げてきた。人妻の下半身は、最後の矜持《きょうじ》をかけて女肉を緊縮し侵入を拒もうとするも、かえってそれが男たちを悦ばせてしまうのが皮肉だ。

「おお……クイクイ嚙《か》んでくるぜ。おてんばな尻だ」

「マ×コもすげえよ、おじさん。女子大生なんか目じゃないぜ。絡みついてきやがる」

「んああッ……ひいいッ……うむむッ」

どんなに穴をすぼませても、泡の効果も相まって肉棒はいともたやすく滑り込んでくる。前から後ろから肉層を掘削され、下腹の中で奇跡の邂逅《かいこう》を果たされるなど、女としてあってはならない鬼畜の所業だ。

「いやああッ……それ以上、挿ってこないでッ……あなたッ……たすけてッ……」

「夫の名前を叫ぶなんて、やっぱり人妻だな。そそるぜ」

「情けない健一とのセックスじゃ、こうはいかないだろう」

明菜の死に物狂いの叫びも、獣たちにとってはむしろ精力剤でしかない。せーの、と息を合わせた男たちの肉棒が一気に根元まで突き刺さった。

「ひいいいッ」

「どうだ、明菜さん。前から後ろから串刺しにされるのは、たまらないだろう」

「これがほんとの三位一体ってやつだ」

二つ折りにされた明菜の腰は、完全に串刺しにされてピタリと固定されていた。それでも足掻《あが》くようにビクッビクッと走る痙攣を、二つの腰が強引に押さえつける。

「あああッ……」

息もできないほどの圧迫感で、明菜は言葉も発せない。喉が引きつったような悲鳴だけが、あ、あ、あ、と妖しく漏れる。瞼《まぶた》も口を閉じることすらできず、二穴を犯された衝撃と驚愕に開いたままなのが、人妻の妖美さをいっそう際立たせる。

「もう、よくなってきてやがる」

「初めてのサンドイッチで感じるなんて、やっぱり変態だぜ」

ズルリ、と二本の肉棒が後退する。はああッ、とようやく息を吐いた明菜の下腹が、喘ぐように震える。亀頭の笠に引きずり出された膣壁と肛門壁が、引き止めるように亀頭にまとわりついていた。

「かわいい尻だ。名残惜《なごりお》しいってチ×ポを摑んで離さないぞ」

「どれだけセックスが好きなんだよ、明菜さん」

二人の鬼畜が満足そうに頷く。美貌の人妻の粘膜が、屈服したように男根を抱擁しているのが、たまらないのだ。

「はひッ……ゆるして……お願いッ……こんなの、もう、無理ですッ」

すすり泣きつつ、明菜は懇願した。巨大な亀頭が先端だけを内側にとどめて、今にも砲撃を再開しそうな気配に明菜は怯えるばかりだ。ただの一撃で、理性ばかりか人格までをも破壊されてしまいそうなのだ。こんなことを何度もつづけられたら。

(くるわされちゃうッ)

「いやああッ……もう、ゆるしてッ……こわれちゃうッ……明菜、こわれちゃううッ」

「ひひ、ほんとうは壊してほしいくせによく言う」

「ほんとうに壊れるかどうか、試してやるよ」

「きひいいッ」

美貌を仰け反らせて、明菜は絶叫した。巨大なものが、薄い膜一枚を隔てて何度も衝突すると、明菜の下腹で快楽の爆弾が次々と誘爆した。轟々《ごうごう》と火柱が燃え立ち、明菜の裸身は抗う術なく灼きただれていく。

「ひぎいいッ……やめでえッ……ごわれぢゃうッ……明菜、ごわれぢゃううッ」

「壊れてみろよ、明菜さん」

「ほれッ！　壊れろッ！　壊れちまえッ！」

耕三と悠人の腰が、渾身の力を込めて躍り上がった。ギリギリとプレスされた明菜の腰骨が軋み、今にも砕けてしまいそうだ。長い両脚は、今や明菜の美貌の両脇に膝が配置されるほど押し込まれていた。文字どおり、完全なる三位一体となった肉塊は、快楽の階段を一気に駆け上がっていく。

「ひぎいいッ……ぐるうッ……ごわいッ……ごわいいッ」

泡まみれの肉棒に粘膜を掻き回されて、明菜の二穴からブクブクと泡が噴き出す。巨大な亀頭で子宮を衝き上げられれば、背後から迫ったもう一つの亀頭に直腸をこねくり回される。泡まみれの裸身がのたうつように弾けると、その痙攣を押さえつけるように前から後ろから男たちの腰にギリギリとプレスされる。

「ひゃあんッ……はひいッ……ああんッ」

陥落されつつあることを証明するように、いつしか明菜の喉から甘声が漏れる。ごわついた獣たちのジャングルで、尻と股間を撫でられるおぞましい感触すら心地よく感じられてきたのだ。戦慄に満ちていた明菜の美貌が気づけば蕩け、はしたない悦顔を晒す。

「女の顔になってきたじゃないか」

「なんてスケベな顔だ。こんなのを見たら、健一おじさんが小便をちびっちまうぜ」

「んあああッ……はあああッ」

ふいに明菜の股間が、妖しく痙攣した。ヒクヒクと震える股間から、黄金色の液体が、シャアアッとほとばしる。だが恥辱の失禁ですら、明菜はもうたまらなかった。

(おしっこ漏らして、気持ちいいッ)

立ち昇るアンモニア臭も、もはや明菜にとっては幸福の芳香だった。歯を食いしばりつつ、スーハーと荒い呼吸を繰り返すその姿は、まるでアメリカンポルノの女優のようだ。

「旦那じゃなくて、嫁がちびってやがるぜ」

「おしっこを漏らしてるのに、ふてぶてしく尻を振る。なんて破廉恥な嫁だ」

耕三と悠人の腰は、無慈悲のグラインドで明菜を責める。しかも耕三が時計回り、悠人が反時計回りに腰をくねらせた。膣道と肛門道が下腹の中でよじれる感覚に、裸身までもがよじれる。

「あああッ！　ぞれ、だめええッ……ぐるうッ……ひぎいいッ……あぎなッ……ぐるっぢゃうううッ」

（ああッ……堕とされるッ……）

きれぎれの意識のなか、明菜は観念した。いや、望んでいた。女性でも男たちに負けない仕事をしてみせる。野心に燃えてやってきた片田舎で、裸身を燃やされていた。大望すらどうでもよくなるほどの快感の業火で灼かれ尽くすと、あとに残ったのは淫らな牝の欲望だけだった。

「ああッ……いいッ……はひぃッ……おじり、だまらないいッ」

明菜は、ついに屈服した。屈辱のサンドイッチにも、狂ったように自ら腰を揺すって、二穴を抉らせる。下腹の中で亀頭と亀頭が衝突するたび、得も言われぬ快美感が女芯を走り抜ける。引きつった喉から絞り出される悦声は、とても優秀なキャリアウーマンのそれではない。

「はひいいッ……んおおッ……ずごいッ……ひゃあああんッ……おじり、ずごいいッ」

「キャリアウーマンも、でかチンには勝てないってわけか。がっかりだよ」

「どんなに美人な嫁でも農家のでかチンにかかれば、この様《ざま》ってわけだ」

ガツンッ、と子宮を殴られ、ズチョッ、と直腸を攪拌《かくはん》される。二穴から衝き上がる官能に、明菜は我を忘れて悶えた。目からは涙を口からは涎《よだれ》を垂れ流して、ひいッひいッと泣き喚く。自分が犯されるだけの肉人形になれたことが、明菜には嬉しくてたまらない。

（女に、生まれて、よかった）

逞しい男根にひれ伏し、極上の快楽を穴という穴から注がれる。牝が生きる意味を、快楽の渦に翻弄されながら明菜は悟った。

「そろそろ、出してやるからな、明菜さん。尻でしっかり受け止めるんだ」

「スケベな穴で男の出したものを飲みきるのが、牝の仕事だぞ」

「んはああッ……出しでえッ……あぎなのぉぉッ……スケベなところにぃぃッ……うんと精子くださいぃぃッ」

明菜は、躊躇いもなく下品な懇願をした。逞しいものが、いっそう雄々しく膨張する。膣と肛門が貫通し、つながってしまったかのような凄絶な感覚に、汗まみれの裸身がガクガクと痙攣した。

「ほれ、出すぞッ」

「下半身をザーメン漬けにしてやるぜッ」

「あぎなッ……イぐッ！　イぐッ！　イぐううッ！」

前から後ろから押し寄せた白濁流が、下腹の中心でぶつかり飛沫を上げると同時に明菜は絶頂した。今にも喉から溢れてきそうなほど大量の精液に浸らされるのが、明菜はもう悦びでしかない。

「ひゃあんッ……せーし、いっぱいいッ……うむッ……出されてるうッ」

(うんと出されて、し、あ、わ、せ)

背徳の射精に男たちの興奮も凄まじかった。まだまだ射精は終わらず、明菜の下腹の中で、活きのいい魚のようにビクビクと跳ね回り、子種を撒き散らしつづける。

「あひいッ……イぐうッ……あぎなッ……イぎっぱなしいいッ」

長い両脚の爪先までが、ピンッ、としなる。天を仰いだ明菜の美貌に濡れ髪が、ベットリと貼りつき、その隙間からからのぞく目は、完全に色を失い、快楽漬けにされていた。妖しく濡れ光る黒髪の一本一本にまで性欲が漲《みなぎ》り、快感を味わい尽くしてるようにさえ見える。

「ひッ……んああッ……もっどッ……あぎなッ……もっど、出されたいッ」

「こりゃ、ほんとうにスケベな牝だな。こんな嫁をもらった健一が憐《あわ》れになってきたぞ」

「へへ、まあ、健一おじさんの妻の頼みじゃ、こっちも無碍《むげ》に断れないぜ」

二人の獣は、まだまだ物足りないとばかりに、腰を振りつづけた。

「どうだ、明菜さん。男とつながりながら浸かる風呂は、格別だろ」

「あァッ……はひッ……いいッ……ひゃんッ……」

湯面《ゆめん》が時化《しけ》のように波打っていた。こんもりと膨らんだ乳房が、まるで浮きのように揺れまくり、麗しい肌が水滴を弾く。湯の中で、向かい合った耕三の肉棒が、明菜の蜜壺を深々と貫いていた。背後に座った悠人の肉棒は、ぴったりと明菜の肛門を塞いでいる。

「色っぽい肌だぜ。とても四十歳を超えてるとは思えないな」

明菜の首筋に舌を這わせた悠人は、背後から回した両手で明菜の豊乳を揉みしだいた。あひッ、と色っぽい声をあげつつも、明菜は腰を揺するのをやめない。すっかり二穴セックスの魅力に呑み込まれてしまったのだ。

「へへ、これからは毎日、三人で風呂に入るか」

「こうやってくっついて貫かれると、いかにも犯られてるって感じがしてたまらないだろ」

「ああ……明菜、たまらないですッ」

湯の温もりをはるかに凌駕《りょうが》する男たちの熱い肌と男根に貫かれると、のぼせたように頭が蕩けた。密着する肌と肌の間で快楽が弾けるのも、たまらない。一日の垢と疲れを落とし、心身を癒やすための風呂場で、破廉恥な行為をする背徳感が、明菜の快感をいっそう刺激しているのだ。

「はひッ……も、もっと……もっと掻き回してッ」

快楽風呂と化した湯に浸りながら、人妻はいやらしく尻をくねらせつづけた。

第三章　電流強制絶頂に堕ちる美熟妻

（明菜さんと会うのも、ずいぶん久しぶりだわ。元気にしているかしら）

夫の運転するファミリーカーの後部座席に座った有希は、次第に変わっていく景色を眺めて目を細めた。都内のビル群が、まばらになり、やがてビルそのものがなくなると、田園風景が有希の目に飛び込んできた。それは木々になり、山になり、それらを通過すると、見上げるものが何もなく田畑ばかりが広がる景色になった。

（あの明菜さんが、こんなところに住んでいるなんてね……今でも信じられないわ）

隣に座った五歳になる娘は、見慣れない風景に興味を惹かれるのか、窓に頬をぴったりとくっつけて、空を飛ぶ鳥や風にそよぐ木々を凝視している。

（真奈美《まなみ》にとっても、たまにはこういう田舎で生活してみるのも悪くないわね）

夫と夏期休暇を調整し、一週間ほど神郷村に滞留することを決めたのは、ひとえに明菜に会いたかったからだ。観光地というわけではないが、近くには山や川もあり、真奈美とたっぷり遊べそうだ、とむしろ夫が乗り気だったので、有希はほっとした。

（ちょっと図々しいけれど、明菜さんのお住まいにも、一泊させてもらおうかしら）

明菜に、その旨《むね》を伝えると、後日、ぜひ夫の実家に逗留してほしい、との返事がきた。部屋はあまるほどあるし、檜造りの風呂もあるという。夫に相談すると、お言葉に甘えさせてもらったらどうだ、と即答してくれた。妻が明菜に、憧れに近い感情を抱いているのを知っているし、吝嗇《りんしょく》の気がある夫は、宿代が節約できた、と思ったのかもしれない。

「それにしても、ほんとうに田舎だなあ。まあ、都会の喧噪《けんそう》から離れるのも悪くないけどね」

「ええ……明菜さん、こんなところで起業して、しかも成功させるなんて、さすがね」

集中して景色を見つづけて疲れてしまったのか、いつの間にか真奈美は、横になってスヤスヤと眠っている。もう一人、子供がほしい、と夫とはよく話し合っていた。一時的に仕事を休まなければならないが、女の幸福とは、子供を産むことだと、有希は思っている。おりしも今週は、排卵期だった。明菜の住まいで気を遣うが、することだけはしなければ、と明菜は思っていた。いつもと違う環境であれば、淡泊な夫の情欲も少しは刺激されるだろうとの計算もあった。

「もうすぐ着くぞ」

畑と田園に挟まれた一本道を車で走り抜けていき、ようやく明菜の住まいに辿《たど》り着いた。土間《どま》つづきの玄関に入ると、奥から明菜が出迎えた。

「遠いところまで、お疲れさま。遠慮せずに上がって。部屋も用意してあるから……」

有希は、はッと息を飲んだ。明菜の頬はやつれ、疲労の陰が、その美貌全体にまで及んでいたのだ。

(やっぱり起業するっていうのは、大変なことなんだわ……)

まさか明菜が、義父とその甥に、連日、嬲り尽くされているとは思ってもいない有希は、明菜の苦労をしのんだ。

(でも……なんだか明菜さん……すごく、きれいだわ……)

明菜の身体から、これまで感じたことのないほどの色気が、ムンムンと漂ってくることに有希は気づいた。よくよく見れば、ウエストは細くなっているが、バストやヒップの膨らみは、むしろ一回りほど大きくなっているようだ。デニムとTシャツだけという素朴《そぼく》な服装が、いっそうその豊満さを引き立てているのだろうか。

（この土地の空気が、よほど身体に合ったのかしら）

最初こそ不憫《ふびん》に思えたこけた頬も、妙に艶めかしい色香を放つ。これまでも明菜は充分に美しかったが、今、目の前にいる明菜の色気は、ちょっと尋常ではない。田舎の澄みきった空気と水に解放的になった夫に、明菜は毎夜愛でられているのかもしれない。有希は、密かに心が躍った。

（浩《ひろし》さんも……積極的になってくれるかも）

夫、浩の気分と身体も、この土地の空気に解放され、子作りに専念できるかもしれない。淡い期待に目を輝かせていると、耕三と悠人がそろって玄関にやってきた。

「いらっしゃい。どうぞ、ゆっくりしていってくださいよ。こんな田舎で、お恥ずかしいかぎりですが。へへ、そのぶん、夜は、夫婦の時間がたっぷり取れますよ」

「どうも。明菜さんがいつもお世話になっています。いやあ、有希さん、おきれいだなあ。何せ街灯《がいとう》もない田舎道ですからね。こんな美人な奥さんには、夜の一人歩きはさせちゃいけませんね」

二人は、ニヤニヤと笑みを浮かべて、有希の身体を睨め回した。台詞も目つきも、明らかにセクハラだ。

（いやだわ……明菜さん、よくこんな人たちと、暮らせるわね）

二人の男には、どこか野卑な感じがあり、それが有希には好きになれなかった。明菜の夫、健一と血がつながっているとは思えない下品ぶりだ。

「とにかく、しばらくの間、よろしくね。お風呂から上がったら、夕飯にしましょう」

「家族で押しかけて、ごめんなさいね、明菜さん」

「自分の家だと思って、寛《くつろ》いでね。浩さんも」

「ええ、ありがとうございます」

お風呂をもらい、柳瀬《やなせ》家の人々にあらためて挨拶をすると、そのまま夕食の時間になった。浩と健一は、家族ぐるみのつき合いをしていたから、もともと顔見知りだ。

酒を飲み、二人は上機嫌で世間話をしていたが、浩は長時間運転してきたこともあって、眠そうだ。娘の真奈美も、しきりにあくびをしている。

「お布団を敷くから、今日はもう寝たほうがいいわ。明日は仕事に行ってしまうんだけど、なるべく早く帰ってくるから」

「ありがとう。それじゃ、お言葉に甘えて、今日はお先に休ませてもらいます」

布団に入ると、夫も娘もすぐに寝息をたてはじめた。有希が床に入ってから、しばらくの間は居間から物音が聞こえていたが、それもやんだ。どうやら、それぞれの寝室に引き上げたようだ。虫の声ばかりが、うるさいほどに鳴り響くなか、明菜は夫の布団に潜り込んだ。

「ねえ、あなた」

「ううん、どうした？」

「今朝、言ったでしょ。子供のこと。今日、排卵日なのよ」

「ううん……今日は疲れたから、明日にしてくれ」

「そんな……だって……私、もう……ねえ、あなた……あなたッ……」

鼾《いびき》を掻きはじめた夫を、有希は恨めしそうに睨んだ。有希の身体は、すでに交合に向けて火照り、その熱をどうしたらいいか、わからないほどなのだ。

（どうしたらいいの……）

風が凪《な》いでいた。その音が、有希を大胆にしたのか、細く長い有希の指が、パンティの内側に忍び込む。すでにしっとりと濡れた肉襞を自ら捲り、その奥の割れ目を慰めるようになぞった。

「ああッ……」

ただの一撫でで、人妻の身体に火がついた。布団を押しのけて膝を立てると、有希はきつく唇を閉じて、肉層を愛でる。

「うッ……ううッ……」

押し殺した声を挑発するように、ほぐれた柔肉がヌチャッ、と卑猥な粘膜音を漏らす。ふだんなら赤面してしまうところだが、物珍しい畳敷きの布団が、有希を大胆にさせてしまうのだろうか。人妻の指は、いっそう深く媚肉に食い入った。ビクッビクッと痙攣した腰が、汗に湿った布団を叩く。

「んあああッ……」

極めた人妻の両脚が、だらしなく投げ出されるのを、わずかに開いた襖の隙間から、耕三の卑しい目が凝視していた。

「じゃあ、有希。私たち、家を出てしまうけれど、あとはよろしくね」

「ええ、いってらっしゃい、明菜さん」

車を走らせる明菜の表情は、曇る。有希の一家を一週間この家に滞在させろ、と命じてきたのは、耕三と悠人なのだ。

「明菜さんの友人なら、俺たちの友人だ。このへんの旅館なんて、古いし汚いし、とても泊まれたもんじゃない。ぜひ、うちに宿泊してもらいなさい」

目の前でこれを聞いていた夫までが賛同してしまった。こうなれば、明菜には、どうにもしようがない。

(有希まで、何かされたら……)

そう思うと、明菜は気が気でなかった。

明菜に続いて、健一と耕三も家を出た。悠人も、大学で講義があるらしく、家を出ていった。夫は、朝食を食べるとすぐ、虫取りに行きたいと、はしゃぐ娘といっしょに山へと散策に出かけた。

(さてと……一週間も泊めてもらうんだから、お掃除でもしようかしら)

有希は、持参したエプロンをつけて、よし、と気合を入れた。ノースリーブにスカートを合わせた有希は、腰を屈《かが》めて箒《ほうき》で畳を掃き清めた。襟元から覗き見えるバストの谷間に、窓から差し込む光が注ぐと、早くも薄汗が滲んだ。こんもりと張った乳房から人妻特有の濃厚な体臭がムンッと漂う。

(けっこう暑いわね。窓を開けようかしら)

明るい色のショートボブが、開け放った窓からそよぐ風にふわりと揺れる。正統的な美人の明菜とは異なり、有希は、キュートという言葉がぴったりのフランス人形のような顔立ちをしていた。茶色がかった大きな目とまばたきするたびに風が起きそうな長い睫毛《まつげ》が、特にそのような印象を与えるのだ。細い首から視線を下げると、鎖骨の下から急激に盛り上がったバストが、ノースリーブをこんもりと膨らませている。明菜よりも小柄だが、バストの豊満さでは有希に軍配が上がる。

「こんな広い家だと、お掃除するのが大変だわ」

首筋を流れる汗が、底深い胸の谷間に幾筋も流れ落ちる。とにかく広い家なのだ。太腿に浮かぶ汗にスカートが貼りつき、今にもパンティが覗けてしまいそうだ。見え隠れする双尻は、ムチッという擬音が飛び出してきそうなほど肉づきがいい。どこかあどけない少女のような美貌と、豊満な身体から噴き出す人妻のフェロモンとのギャップが、実に蠱惑的《こわくてき》なのだ。

「よし、ここを拭けば終わりね」

庭伝いにつづく縁側が、数メートルもある。四つん這いになり、熱心に床を拭く有希は、背後に耕三がいることにも気づかない。いかにも怪しげな注射器を持った耕三は、スカートからはみ出した桃尻に針を突き立てた。

「痛いッ」

鋭い痛みに驚愕した有希が振り返ると、そこに耕三が立っていた。有希を見下ろすその目は、蛇のようにねちっこく、獲物を品定めするようないやらしさに満ちている。

「ひひ、奥さん。悪いが痺れ薬を打たせてもらったよ。身体が麻痺するだけで、感覚だけはしっかり残っているから、心配するな。旦那と子供が帰ってくる前に済ませてやるからよ。へへ、いい大人なんだから、何を済ませたいかは、うすうすわかるよな」

「ああッ……こんなッ……」

「ムチムチの尻だな。こんなものをはいていたら、窮屈だろう」

「ひッ……いやッ……いやあッ……」

腹這いになった有希のスカートが、腰のあたりまでずり上げられる。汗に湿った桃色のパンティを剝き出しにされて、有希のうなじまでが恥辱で真っ赤に染まる。

(お尻、見られてるうッ)

「こりゃ、ほんとにムチムチの尻だ。へへ、そそるぜ」

パンティの裾に絡んだ耕三の指のおぞましい感触に、有希の美貌が歪む。腰まわりの肌から伝わる男の熱が、怖ろしくて仕方がない。生皮を剝《は》ぐように、耕三はゆっくりとパンティをずらし、剝き卵のような双尻を晒していく。

「いやああッ……脱がさないでッ……ひどいッ……こんなの、ひどいいッ」

「カマトトぶるんじゃないよ、奥さん。旦那といいことできなかったからって、自分でマ×コを慰めてるくせによ」

（どうして、そのことをッ）

「ほんとうは、したくてしたくてどうしようもないんだろうが。ふふ、俺が子作りに協力してやるからな」

「ひぃッ」

（こんなッ……うそッ……明菜のお義父さんがッ……）

抵抗しようにも、身体が痺れて言うことをきかない。だがずり下ろされたパンティが、くるぶしにまで達した屈辱の感覚は、はっきりとわかる。

「いやッ……脱がさないでくださいッ……こんなことして、何が愉しいんですかッ」

「奥さんみたいな美人を犯るのは、愉しいに決まってるだろう。こんな田舎じゃ、セックスだけが男の生き甲斐だからな」

「ひいいッ」

爪先から脱ぎ取られたパンティを目の前に放り投げられて、有希は愕然とした。太陽の光を浴びた人妻の生尻が、薄汗を滲ませてねっとりとぬめり輝いている。そよ風が尻を撫でると、双尻がひんやりとした。その感覚が、尻を丸出しにされた現実をまざまざと突きつけてくる。

「いやあッ」

「かわいい顔して、スケベな尻じゃないか」

こんもりと張った尻肉を耕三の両手が、容赦なく左右に割り拡げた。無慈悲に開かされた尻の真ん中で、すぼまった二つの穴がきょとんとしたように耕三を見上げているのが、むしろ痛々しい。耕三はじっくりと人妻の穴を検分した。ピンク色に染まった肉層を押し拡げられ、奥の奥までつぶさに観察される屈辱に有希の肌が真っ赤に染まる。

「ひいッ……見ないでえッ」

「見られたくらいで、ひいひい叫ぶなよ、奥さん。そんなんじゃ、とてもこの先、もたないぞ」

ニヤついた耕三の顔が、尻肉に埋まった。艶めかしい尻肌を耕三のぶ厚い舌が這い回り、人妻の熟尻を味わい尽くそうとする。やがて、舌先は肛門のぐるりをチロチロと舐めつつ、中心の窪みにジワジワと迫ってきた。

「そこは、違うッ……そんなところ、いやあッ……汚いいいッ」

「奥さんは、いやでもケツ穴のほうがまんざらじゃないみたいだぞ」

「ひいいいッ」

チュパッ、ときつく肛門に吸いつかれて、有希は絶叫した。濃厚な口づけを交わすように耕三の唇が有希の肛門を塞ぎ、さらに伸びた舌が執拗に窪みを抉ってきた。

「ひいッ……やめてッ……そんなッ……んああッ」

(お尻なんてえッ)

ジュルルッ、レロンッ、と卑猥な吸引音が、ひっきりなしに縁側に響く。吸う力も音量もどんどん増しているのに、ピクリともしない有希の下半身が、むしろいやらしい。ふやけるほど肛門をむしゃぶられて、有希の頭はおかしくなってしまいそうだ。

「美味いッ……奥さんの尻は絶品だ。ふふ、こんなスケベな尻は、うんとかわいがってやらんと、とても満足しないだろう」

耕三の両手が、ムチムチのヒップを持ち上げた。耕三は顔を左右に揺らして、執拗に人妻の肛門を責め嬲る。耕三の熱い鼻息が尻たぶに吹きかかる不気味な感覚に、有希はひいひいと悶え、ついにはすすり泣きはじめた。

「泣くほどいいのか、奥さん。ひひ、ケツ穴をいじられて、マ×コの具合もよくなってきたみたいだぞ」

「ひッ」

耕三の指になぞられた割れ目から、卑猥な糸が引いた。排泄器官をいじられる異様な状況に興奮したのか、発情のしるしを惜しげもなく垂らしてしまうのだ。

（あぁッ……私のアソコ、どうしてぇッ？）

「マ×コが、羨ましがってるってわけか、奥さん。昨日から、散々おあずけをくらった牝犬マ×コだもんなあ」

そう言いつつも、耕三の舌はまだまだ有希のアナルを狙い撃ちにした。集中砲火のごとき耕三の口唇アナル責めに、有希の身体は、カッと火照り、麻痺した尻がヒクヒクと震え出す。どっと噴き出した汗をオイルのように塗り回された有希の尻は、ヌラヌラと照り光り、耕三が思わず生唾を飲み込むほどの艶美さだ。

「あひぃッ……もう、やめてぇえッ……お尻、いやぁッ」

「この尻のどこが、いやなんだ、奥さん。どんなに自分の尻がスケベかよく見てみろ」

スマホで撮影した双尻の画像を、耕三は有希に見せつけた。

（あぁッ……）

有希は、自分の尻の卑猥さに絶句した。膣ばかりか肛門までもポッカリと口を開き、桃色の粘膜をのぞかせていた。いかにも物欲しげに蠢く肉層は、まるで底なし沼のように侵入者を心待ちにしているようだ。

「きれいな肛門だ。どうやら旦那は、こっちの穴は使ってくれないみたいだな。ひひ、こんなスケベな尻を使わないなんて、灯台もと暗しってやつだぜ」

「ああ……見ないでッ……」

「今さら、恥ずかしがってどうするんだ。うんこをする穴をしこたましゃぶられたくせによ」

ひひひ、と下卑た笑みを浮かべつつ、耕三は有希の身体をひっくり返した。楕円形にシェイプされた陰毛を耕三に見下ろされて、有希の美貌がますます真っ赤に染まる。

「いやああッ」

「ちゃんと処理してるってわけか。セックスする気マンマンだな」

淡い陰毛を指先で弄《もてあそ》びつつ、耕三はエプロンとノースリーブを剝ぎ取り、ブラジャーを外した。突き出すように張り出したバストは、魅惑の紡錘形だ。温厚な有希の顔とは裏腹に、高飛車に上向いた乳首を見下ろして、耕三は何度も舌舐めずりをした。

「いかにも生意気そうな乳首だ。ふふ、嬲り甲斐があるってもんだ」

「ひいッ……こんなの、ひどいッ……ひどいわッ」

(こんなあッ……裸にされてッ……)

女の神聖な膨らみを見られて、有希はシクシクとすすり泣く。だが、そんな有希に耕三はさらなる追い打ちをかけた。いつの間にか用意した麻縄で有希の身体を縛りはじめたのだ。乳房の上下をギリギリと縄で縛られ、さらに両手を後ろで固定された。太腿と二の腕から伸びた縄の先端を、耕三は悠然と放り投げて梁《はり》にかける。

「奥さんみたいないい女には、縄が似合うんだ。ますます色気が増したぞ」

「んああッ……縛るなんて、ひどいッ……ほどいてッ……ほどいてぇッ」

だが必死の懇願も空《むな》しく、全裸になった有希の身体を耕三は引き上げた。ひいッと喉を絞った有希の身体が、ヤンキー座りの格好をしたまま宙に浮かぶ。耕三の凶悪な顔の前で有希の腰が停止した。熟《う》れた肉層をマジマジと見られて、有希の頭はおかしくなってしまいそうだ。

「ああ……見ないでぇッ」

「これが奥さんのマ×コか。子供を産んだとは思えない、きれいなマ×コだ」

肉の構造を確かめるように耕三の指先が肉襞を拡げ、媚肉をまさぐった。キュッとすぼんだかと思うと、息を吐くように口を開く有希の膣は、恐怖よりもむしろ期待に満ちているかのようだ。

「ひいッ……触らないでッ……触れちゃ、いやああッ」

「気取るなよ、奥さん。セックスがしたくてしたくて、どうしようもないくせによ。

チ×ポを味わう前に、自慢の野菜を味わってもらうかな」

耕三が抱えてきたざるには、採れたての野菜がたっぷりと盛られていた。初心《うぶ》な有希には、これをどう使うのか、まるでわかっていない。

「スケベな奥さんのマ×コは、やっぱり太くて長い野菜のほうがお気に召すかな」

(ま、まさか……)

巨大なズッキーニを摑んだ耕三が、不気味な笑みを浮かべて有希に迫った。ふっくらと実った夏野菜が、人妻の割れ目をなぞる。大きな突起に息巻いた人妻の媚肉はたちまちにざわめき、ゾクッとするほどの官能を宿主に送り込んできた。

「ひいいッ……ああぁッ……いやッ……お野菜でだなんて、いやぁッ」

「いい反応するじゃないか。どれだけ飢えているんだ、奥さん」

「はひいいッ……そんなもの挿れないでッ……いやッ、いやですッ……お願いだから、やめッ……ひぎいッ」

ズブズブとズッキーニに肉層を抉られて、有希は悶絶した。ズッキーニが肉襞ごと巻き込み、メリメリと媚肉に埋もれていく光景が、有希からは丸見えだ。ギチギチと拡げられた膣が、一センチ、また一センチと巨大な夏野菜を吞み込んでいくのが、有希には現実のこととは思えない。

「んああッ……お野菜なんて、ひどいいッ……抜いてッ……抜いてえッ」

「何が抜いて、だ。奥さんのマ×コは、夏野菜がお好みらしいぞ」

「あッ……あああッ……」

ズッキーニを丸呑みさせられた有希の太腿が、ヒクヒクと引きつった。真っ赤な媚肉がズッキーニの表面に吸いつき、むしろ引きずり込もうと艶めきだっている。身体は麻痺して動かないのに、有希の肉層だけ、はしゃいだようにうねっているのが猥雑この上ない。

(私のアソコ、どうしてえッ？)

「ズッキーニのマ×コ揉み漬けだ。好き者ならひときれ一万でも買うかもな」

「はひいッ……こんなッ……んああッ」

(ひどいッ……なんて、ひどいいッ)

屈辱の行為に、有希はわあッと号泣した。だが、欲求に火照った人妻の下半身は、突起であれば何でもいい、とばかりにジクジクとした快感に浸らされはじめた。ズッキーニの硬い皮と媚肉が擦れるたび、目も眩《くら》むような快楽が身体の芯を走り抜ける。

「んはあッ……ひッ……ひッ……ひゃあんッ」

「切なさそうだな、奥さん。ここらで、一度イッておくか。へへ、滅茶苦茶に掻き回されたいって、マ×コが涙を流して頼んでるぞ」

「ひッ……違うッ……違ッ……ひいいいッ」

猛烈に肉層を掻き回されて、有希は絶叫した。ズボズボと前後するズッキーニに小判鮫のごとく貼りついた媚肉は真っ赤に充血し、今にも血を噴き出してしまいそうだ。後退するズッキーニに合わせて蜜液がジュパアッと飛沫き、ムッとするほどの女臭を漂わせる。

(なんて、いやらしい臭《にお》いッ)

自分の女陰の卑猥さが、有希にはとても信じられない。その猥雑な光景を見下ろした乳首までもが興奮したのか、ツンッと上向きに尖り、今にも花開かんばかりに膨張していた。熟れた人妻の身体は、たった一本のズッキーニにいいようにあしらわれ、すすり泣きにも次第に甘く切ない声色が混じりはじめる。

「ひいッ……んああッ……ひゃあんッ」

「奥さんの乳首が極楽に行きたいって、天を指し示してるぞ」

「んああッ……やめてッ……きひいッ……いやッ……お野菜でなんて、イきたくないッ」

「イくんだよ、奥さん。ほれッ、イけッ！　イッちまえッ！」

「ああッ……いやッ！　いやッ！　んああッ……ヘンッ……有希のアソコ、ヘンンッ」

股間のつけ根が妖しくヒクつき、肉層がキュウッとすぼまった。直後、ふっくらと膨張した媚肉がポンプのように収縮するのと同時に、怖ろしいほどの官能が股間で渦を巻く。

「いやああッ……噴いちゃううッ」

ひいいッ、と歯を食いしばった有希の股間から、ブシャアアッと蜜液が放出した。潮を噴いたのだ。

「あッ！　あッ！　あッ！」

細切《こまぎ》れの悶え声を吐きつつ、有希の股間がブルウッと痙攣した。食いしばる肉層は、ついにズッキーニをへし折り、有希の膣に鮮やかな緑色の断面が出現する。

（お野菜で、イかされるなんてえッ……）

生まれて初めての潮吹き体験を、野菜で味わわされる屈辱に、有希の目から涙が溢れる。身体は動かないのに、肉層ばかりが烈しく蠕動し、ズッキーニの欠片《かけら》を揉みほぐしているのが、有希には悪夢にしか思えない。

「こりゃ、ほんとうに美味そうだ。ひひ、俺の野菜は生で食べても美味いぞ。味見させてやるよ。人妻マ×コのアクメ漬けだ」

耕三のぶ厚い唇が妖しくうねる膣口を塞ぐと、ヌルンッとズッキーニが吸い上げられた。蜜液まみれの唇が、今度は有希の唇に迫ってくる。

「ひいッ……いやあッ……そんなの食べたくないッ……いやあッ……ぐむむッ」

口移しされたズッキーニが、有希の口内にヌルンッと滑り込む。たちまちに濃厚な蜜液の味が舌の上に広がり、有希は今にも噎せ返りそうだ。だが、捻り込まれた耕三の舌に押し戻されて、有希はむごくもズッキーニを丸飲みさせられた。

「いやああッ」

「自分のお汁で揉み込まれた野菜は美味いだろうが」

（いっそ、殺してえッ）

自らの汚濁を味わわされて、有希は再び号泣した。だが、それで耕三の手が緩むわけもない。部屋の奥から得体のしれない機械を持ってきた耕三の口元に、残酷な笑みが浮かぶ。

「奥さんは、そうとうな変態だ。スケベな身体をうんと育ててやるぞ。野菜ってのは、厳しい環境で育てるとうんと甘くなるんだ。奥さんの身体も同じだな」

「ひッ……な、なにいッ……？」

三十センチ四方ほどの箱状の機械から二本のコードが伸びていた。その先端に付属されている金属製の洗濯バサミのようなもので、耕三は尖った明菜の乳首を挟んだ。

「ひいいッ」

「ふふ、最近はやりの電気栽培だ。負荷をかけることで野菜が美味くなる。奥さんの身体も、これでもっとスケベになるぞ」

「そ、そんなのいやですッ……お願いッ……もう、やめてッ……おねがッ……ひいいッ」

耕三がスイッチを入れると、有希は美貌を仰け反らせて絶叫した。乳首全体がビリビリと痺れ、その感覚が身体の芯を伝って股間にまで到達すると、有希の裸身がのたうつように跳ね上がる。

「ひゃあんッ……これ、いやあッ……んあああッ」

「思ったとおり、感度抜群の乳首だ。たまらないだろう、奥さん」

「はひッ……だめえッ……乳首、おかしくなっちゃううッ」

どッと噴き出した汗で、有希の全身が妖しく濡れ光る。無様に潰れた乳首からは、その見た目からは想像もできないほどの快感が押し寄せて、有希は抗いようもなく四肢を痙攣させられる。

「んあァッ……はひィッ……もう、ゆるしてッ……ひぎいッ」

「すげえ反応だ。もっと負荷をかけて、美味くてスケべな身体にしてやるぞ」

意地悪く言った耕三の指が、電力のつまみを容赦なくひねる。ビリッと乳首が痺れたかと思うと、有希の裸身が弾けたように跳ね回った。

「ひいいいッ」

「おお……こりゃ、よっぽどたまらないんだな。身体がねじ切れそうだぞ」

「んあァッ……もう、だめえッ……ぐるうッ……有希、ぐるっちゃううッ」

電力を流されているからなのか、それとも凄まじい快楽に身体が反応しているからなのか、肌のそこかしこがヒクヒクと痙攣していた。乳首を嬲られているのに、股間のつけ根があさましく波打ち、腰がガクガクと震えてしまうのを有希はどうしようもできない。まるで乳首そのものが快楽の蕾《つぼみ》になり、今にも咲き乱れてしまいそうだ。

「ああんッ……はひぃッ……ひゃあんッ」

甲高《かんだか》い甘声が、晴天の空に高鳴る。牧歌的な風景と人妻の色声のギャップが、耕三にはたまらない。明菜とは一味違う有希の身体に、耕三は無我夢中なのだ。鼻息も荒く電力をジワジワと上げると、有希の割れ目からは、石清水のように蜜液がジュパジュパと溢れてきた。

「ひぃいいッ」

「湧き水みたいに汁が滴ってきやがる。まさに天然水だぜ」

「やめてえッ……ひぃいッ……おかしくなっちゃううっ」

「まだまだ耐えてもらうぞ。スケベな身体にするためにな」

耕三は、さらにコードを付け足した。先端につながったパットが包皮を剝いた有希の肉芽をぴったりと塞ぐ。ジェルの冷たい感触に、有希の肉芽はたちまちにぷっくりと膨らんだ。

「あああッ……いやッ……そこはッ……そこは、だめええッ」

乳首だけでもおかしくなりそうなのに、陰核亀頭まで責められたら。

(ほんとうに、狂っちゃうッ)

あまりの恐怖に、有希の美貌は歪みきり、ひぃひぃと噎《むせ》び泣く。だが、成熟しきった人妻の身体は、迫りくる官能の気配に抗うことができない。ひとりでに腰がうねり、むしろ催促するように卑猥な8の字を描く。

(腰が勝手にいいッ)

「ひぃッ……どうしてえッ……ひぃいッ」

「痺れ薬を打ったってのに、なんてスケベな身体だよ。清楚な妻が、まさかこんなに淫乱だったなんて知ったら、旦那が悲しむだろうな」

電力のスイッチをオンにすると、有希の肉芽は快楽の稲妻に打たれた。緊縛された裸身が引きつり、いっそうきつく麻縄が食い込む。だがそれすらも、有希の身体は快楽に変えて、全身で官能を貪ろうとする。

「ひゃあんッ……だめえぇッ……か、身体があッ……」

（どこもかしこも、痺れるうッ）

「んぎいッ……ごわれるッ……おおおッ……ゆぎ、ごわれぢゃううッ……ほおおッ」

喉から漏れる低音の吠え声は、どこまでもはしたない。その美貌からは想像もできないほどの下品さだ。

「ほんとうに壊れるかどうか、試してやるからな」

全裸になった耕三のいきり勃ったものを見て、有希は愕然とした。

（な、なに、あれえッ？）

一見、男根と認識できないほどの大きさを誇るそれは、ほとんど凶器のようだ。

こんなもので貫かれたら、身体ばかりか、心までもが……。

（こわれちゃうッ）

不吉な予感に、有希の恐怖が一気に膨れ上がった。だが耕三は縄を緩めて、有希の股間を下降させた。欲望まみれの男根と対面できた悦びで、有希の肉層はしとどに溢れた蜜液で蕩けてしまいそうだ。

「奥さんのマ×コは、このチ×ポとつながる気マンマンだな。ふふ、光栄だ」

「ひいッ……だめですッ……セックスはッ……セックスだけは、いやあぁッ……うむむッ」

ふやけた媚肉を押しのけるように、耕三の肉棒が捻り込まれてきた。たちまちに明菜は窒息した。ブチッブチッと筋が切れる音が、有希の鼓膜を揺らす。その音だけで、どんなに凄惨に犯されているのかが、有希にはわかる。

「ぐむうッ……ごないでえッ……挿ってごないでえッ……あなたッ……たずげでッ……あなだあぁッ」

「セックスもしてくれない旦那のことなんて、すぐに忘れさせてやるよ」

（あなたッ……ゆるしてッ……）

無惨に犯されるなかでも、貞淑な妻は夫に詫びた。だが、次の瞬間、コツンッ、と子宮を衝き上げられると、有希の頭の中に快感の爆風が吹き荒れた。

「ひいいいッ」

（深いいいッ）

まさに串刺しだった。極太の肉棒が根元までずっぽりと膣に埋まり、深々と有希を貫いているのだ。夫のものでは、とうてい届きえない場所は、まだ誰も到達したことのない未踏の雪原そのものだ。その秘境を、卑劣な男の肉棒が、厚かましく踏み荒らそうとしている。

「ああッ……んあああッ……」

「旦那よりもいいだろう。奥さんのマ×コが、たまらないって食い締めてくるぞ」

（こんなッ……こんなああッ）

耕三は腰を止めて、有希の媚肉になすがままにさせていた。人妻の膣のいじらしい蠕動をとことんまで味わおうという魂胆なのだ。その術中に見事にはまった有希の女肉は、誘われるように肉棒に吸いつき、むしろ愛でるようにまとわりつく。女の惨めな欲望に、有希はいよいよ狼狽した。

（どうしてえッ？）

「ああッ……うむッ……」

すぐには肉棒を動かさず、ジワジワと肉環をなぞられる。人妻の身体は、それに応えようと肉層をざわつかせ、ブルッブルッと双尻を震わせた。噴き出した汗と滴る汁の飛沫が縁側に飛び散り、陽光にキラキラと輝いている。

（いやなのにッ……いやなのにいッ）

「身体中からスケベな匂いが、プンプンしてるぜ。自分の身体がスケベになって美味くなっていくのがわかるだろう、奥さん」

悔しいが、耕三の言うとおりだった。乳首、肉芽、膣から押し寄せる官能が、細胞までもに染み渡り、身体の芯がただれていくのがわかる。それが、有希には怖ろしくて仕方がない。

「あぁッ……ごわいッ……ごわいいッ」

しかし有希の叫びは、味わう快楽の凄まじさを表明しているにすぎなかった。頭も身体も快淫の焔にくるまれて、次第に何も考えられなくなる恐怖の表情も、次第に蕩けさせられていく。それを見て耕三の目が、残酷に光った。

「痺れも打ち込みも烈《はげ》しくしてやるぞ。昨夜のぶんまで、うんと愉しませてやる」

「あぁあッ」

電流の強さをマックスにされて、有希は絶頂を極めた。だが、電流はやむことなく人妻を責めつづけ、アクメの回廊を彷徨いつづける。

「イッでるううッ……どめでえッ……ずっど、イぎっぱなじいいッ」

「まだまだ、これからだ、奥さん。滅茶苦茶に掻き回してやる」

逞しいものを後退させられて、有希はひいッと悲鳴をあげた。全身が性感帯となった今、わずかに媚肉を擦られるだけで、この世のものとは思えないほどの快感が突き抜けていった。すでに全身が蕩けているのに、さらにこんな巨大なもので滅多打ちにされたら。

「いやあッ……やめでえッ……セックス、いやああッ」

「カマトトぶりやがって。昨夜はあんなにセックスしたくて仕方がなかったくせによ。へへ、ほんとうにセックスがいやなのか、試してやるッ」

「ひいいいッ」

耕三は、獣のように腰を振りたくった。岩のように硬い亀頭が女肉を猛然と掻き分け、後退するのと同時にカリ首が膣壁をこそげ取る。むごいほどに真っ赤な媚肉を引きずり出されているのに、有希の下半身はもはやメロメロだ。股間からハートマークが飛び出してきそうなほどの快感に、抽送するたびに肉棒と膣の隙間から蜜液が溢れ出る。

「マ×コが、気持ちいい気持ちいいって号泣してるぞ。旦那より、たまらないってよ」

「あああッ……ぢがうッ……ひゃあんッ……いいッ……んああッ……よぐないッ……

「ごんなッ……いいいッ……ぢがううッ」

快楽と裏切りの狭間《はざま》で、有希は今にも気が狂ってしまいそうだ。こんな男のもので極めるなどあってはならない。そう頭ではわかっていても、有希の股間がそれを許さないのだ。さらにガツンッガツンッ、と子宮にパンチを浴びせられると、完全に有希の理性は崩れ去る。抑えがたい牝の欲望が下腹に渦巻き、はしたない言葉を平然と吐きつつ、気も狂わんばかりに悶えた。

「いいッ……ごの、おヂ×ポッ……ゆぎのいいとこばがり、衝いてぐるうッ」

「ほれみろ、セックスがしたくてどうしようもないくせによ。へへ、奥さんはここがいいのか。ここもいいんだろう」

耕三の亀頭が、一流のヒットマンの銃弾のように有希の快感スポットを次から次へと狙撃した。乳首からも肉芽からも膣からも怒濤《どとう》の快感が押し寄せる。頭のてっぺんから爪先までを官能に満たされて、有希の美貌はついにはしたないアヘ顔を晒した。

「あああッ」

「スケベな顔だ、奥さん。旦那だってこんな顔を見たことないだろう」

「イぐうッ……ひゃあんッ……イッでるうッ……あひいいッ……イぎっぱないしいいッ」

八の字に傾いた眉の下で、有希の目は反転していた。白目を剝きつつ、小鼻を膨らませ、半開きの唇からだらしなく舌を垂らす。知性の欠片もない表情は、欲望を貪るだけの牝犬といった有様だ。

（アソコが、蕩けるうッ）

飢えた人妻は、屈辱のレイプにも何度も絶頂した。弛緩剤の効果が緩んできたのか、狂ったように美貌を揺すり、何度も背中を反らせてギリギリと裸身を絞る。身体中から噴き出す発情臭は庭先まで漂い、澄んだ空気を濁らせている。

「このまま中に出してやるからな」

「ああッ……な、中は、だめですッ」

排卵日の今日、膣内で射精されたら妊娠してしまう。夫以外の男の、ましてや友人の義父の子を宿すなどあっていいわけがない。

「子供が欲しいんだろう。奥さんのマ×コは、孕ませてってチ×ポを搾ってくれてるぜ」

「んああッ……違いますッ……だめッ……中だけは、だめえッ……赤ちゃん、できちゃううッ」

拒絶しながらも、有希の肉層は、はち切れんばかりに膨張した男根を搾乳機のように搾った。飢えた人妻の子宮は、誰の精液でもいいから浴びせられたくて、どうしようもないのだ。

(どうしてえッ?)

「ひひ、イきまくりながら、孕めッ」

「あああッ」

耕三の肉棒がけたたましく吠えた。バシャバシャと精液を浴びせられる悦びで、有希の子宮はメロメロに蕩け、宿主をアクメの彼方へと吹き飛ばす。

「ひぎいいッ」

「へへ、まずは一発目だ、奥さん。孕みたいんだったら、何度でも中出ししなくちゃな。数打ちゃ、当たるってやつだ」

「ひッ……あひッ……」

痙攣する有希の太腿に、耕三は油性マジックで一の文字を記した。膣内射精した回数を正の字で記録するつもりなのだ。肉棒を引き抜いた耕三は、今度は有希の背後から打ち込みはじめた。

「この家にいる間に、奥さんの身体を正の字だらけにしてやる」

有希の艶めかしい首筋を舐めつつ、耕三は腰を揺すりはじめた。

太陽が空高く昇っていた。縁側の床で、宙吊りにされた有希の影が小刻みに揺れていた。二つの股間をつなぐ巨大な棒の影が、縮んでは伸び、伸びてはまた縮む。影からすらもその交わりの凄絶さはヒシヒシと伝わってくる。

「まだイぐうッ……もう、イぐうッ」

「ほれえッ」

「ひいいいッ」

放たれた精液はもはや許容量を超えて、結合部からゴボゴボと溢れた。太腿にこびりついた白濁は何層にも及《およ》び、陰毛は精子にまぶされ尽くして、奔放に逆立っている。ぬめり輝く精液に見え隠れする正の字の横に、耕三は一の字を書き加えた。

「六発か。ふふ、このくらい精子をもらえれば、奥さんもひとまず満足だろう。ほれ、旦那と子供が帰ってくる前に、シャワーを浴びてこい。まさか俺と子作りしてたなんて、言えないもんな」

「あッ……ひいッ……んああッ……」

射精された回数は六回だが、極めた回数は、その三倍にも及ぶ。縄をほどかれ床に下ろされても、有希はまともに立つこともできない。痺れ薬の効果はとうに切れていたが、長時間緊縛された上に、極めつづけて痺れる両脚に力が入らないのだ。有希は、噎び泣きつつ、服と下着を抱えて、浴室まで這っていった。

その日の夕刻。夕食の席で、有希はまともに顔も上げられなかった。自分の中に散々汚濁を放った耕三と目を合わせることができないのだ。悠人は、友人の家に泊まるらしく不在だった。

「奥さん。どうしたんです？　ご気分でも悪いのかな？」

意地悪く耕三が質問した。

「い、いえ……そんなことは……」

「慣れない環境で有希も疲れたんでしょう。なに、すぐに慣れますよ。今日は、思いがけず一日中、山の中で遊んでしまったけど、すごく癒やされましたね。なんていうか、童心に返るというか」

暢気なことを言う夫を、有希は恨めしそうに睨んだ。自分は童心どころか獣のように悶えさせられ、絶望の快楽を味わわされつづけたのだ。娘の真奈美は、明菜夫妻に山中での出来事を嬉しそうに話し、食事を終えてもまだまだ話し足りないのか、今夜は明菜の寝室で寝ると言い張っている。明菜の夫もまんざらではなく、おじさんの部屋でいっしょに寝るか、と顔を綻《ほころ》ばせていた。

「都会とは、やはり違いますからなあ。なにしろ娯楽というものがない。奥さんも、昼間はやることがなくてお暇だったでしょう」

（よ、よく言うわ……）

数時間にもわたって自分を犯しつづけたのに、耕三は平然と言ってのける。それが有希には憎らしくてたまらない。

「もし、お暇であれば、もうすぐこの村で祭りがあるんですよ。女手が足りなくてね。奥さんにも、少し手伝ってもらえるとありがたいんだが」

「もちろん参加させますよ。泊めていただいてるんだから、そのくらいお安いご用です。なあ、有希」

「え、ええ……」

夫にそう言われてしまえば、有希は頷くしかなかった。

夕食を終えると、有希は食器の後片づけをした。滞在している間は、明菜の代わりに食器の洗い物を担当すると、昨日約束していた。夫と娘は風呂に行き、明菜夫妻は自室に引き揚げたようだ。

「奥さんの旦那、勘違いもいいところだな。疲れたんじゃなくて、俺のチ×ポに突かれまくってたっていうのによ」

「ひッ」

いきなり声をかけられて、有希は悲鳴をあげた。振り向くと耕三が立っていた。その顔を見ただけで、有希の総身に怖気が走る。

「昼間にうんとセックスしても、夜になると身体が疼くだろう」

「ば、馬鹿なこと言わないでくださいッ」

「ふふ、馬鹿なことかどうか、確かめてやる」

にじり寄ってきた耕三の手が、背後から有希の双尻を撫で回した。

「やめてくださいッ……夫にッ……夫に言いつけてやるッ」

「言いつけてもいいが、どう説明する気だ？　言葉で言っても伝わらないだろうから、この動画を旦那に見せてやればいい」

「ああッ」

耕三が差し出したスマホの画面を見て、有希は絶句した。縁側で緊縛された裸身の有希が、正面から耕三に犯されていた。スピーカーから、ヒイヒイとよがる有希の声が、大音量で漏れ響く。

「音を消してえッ」

「こんな声を聞いたら、真奈美ちゃんもさすがにママのことを変態だと思うだろうなあ。一生もののトラウマだぜ」

悶え声だけならまだしも、あさましく裸身を痙攣させつつ、有希の口からおチ×ポいいッ、とか、奥まできてるッ、などと下品な台詞が次々と漏れる。これだけを見れば、とてもレイプされたとは思えないよがりぶりなのだ。

（こんなッ……こんなの、ひどいッ）

「消してッ……夫が来ちゃうッ」

「ならおとなしく言うこと聞くんだ」

「ううッ」

有希は、がっくりとうなだれた。こんな動画を撮られたら、もう言うことを聞くしかない。

「パンティをずらして、オマ×コを拡げるんだ。ちゃんと精子が溜まってるか、見てやるからな」

おぞましい命令にも、有希は屈するしかない。屈辱に震える指先で、有希はパンティをずらした。肉感的な双尻の半分ほどが剝き出され、深い尻肉の谷間が深淵をのぞかせる。

「もっとだ。太腿まで引きずり下ろして、台所に両手をつけ。両脚を拡げて、尻を突き出すんだ」

「ああ……」

有希は膝を曲げ、尻を突き出す恥辱のポーズを取りつつ、パンティをずらした。下司《げす》な男の前で自ら下着を脱ぐ屈辱に、有希の唇がワナワナと震える。それでも有希は、台所に両手をつき、両脚を割り拡げた。尻肉が左右に突っぱるにつれ、肛門と膣までもがパックリと口を開く。生温《ぬる》い空気が粘膜を撫でる感触が、いっそう有希の絶望を色濃くしていく。

(恥ずかしいッ)

「いい眺めだ。人妻の尻があると、台所も華やかになるな」

「ああ……見ないで……」

「馬鹿言うな。もっとよく見せてもらうぞ」

屈んだ耕三の指が、さらに尻肉を割り拡げると、肉層の奥からゴポッと白濁が溢れた。温もりを残した粘液が太腿を滴る感触に、有希はどれだけ汚濁を放たれたかをいやというほど思い知る。

(こ、こんなに精子を出されてッ……)

これでは、ほんとうに妊娠してしまう。卑劣な男の子種が、下腹にとどまっていると考えるだけで、有希は頭がおかしくなってしまいそうだ。

「我ながらしこたまぶっ放したもんだ。へへ、俺の精子は全部、奥さんのマ×コに飲み込んでもらわないとな」

耕三は太腿を伝う精液を舌ですくった。白濁まみれの舌をそのまま有希の肉壺にねじ込み、膣壁にこれでもかと塗りたくる。

「ひッ……いやッ……いやああッ……」

「妊娠したいんだろう。俺が望みを叶えてやるよ」

「んああッ……やめてッ……こんなの、ひどいいッ」

尻を振って抗うも、深く食い込んだ耕三の舌は有希をとらえて離そうとしない。それどころか、極めつづけて鋭敏になった媚肉は、卑しい舌に応じてジクジクと蜜液を溢れさせてしまう。

(ああッ……どうしてえッ?)

「奥さんのマ×コも俺の精子をもらえて嬉し涙を流してるぞ」

「ひゃあんッ……うむッ……あひいいッ」

舌で媚肉をこそげられるたび、頭と股間で快淫の火花が散った。たちどころに身体の芯に火柱が立ち、有希の身体は牝にされていく。気づけば有希の長い両脚は、はしたないほど開脚され、無様に突き出たヒップが、むしろ耕三の舌を求めるように大胆にうねる。

（どうしても、お尻をくねらせちゃうッ）

「積極的な尻だ。孕みたくて孕みたくてどうしようもないんだな」

耕三は白桃のような有希のヒップを撫で回した。尻肉を搾るように揉み込むと、噴き出した汗がピュッと飛沫く。耕三の荒れた指先の感触すら、鋭敏を極めた有希の尻は快楽に変えていく。

「んああッ……触れちゃいやあッ……ひいいッ」

耕三の舌は、根元までズッポリと埋まり、ぶ厚い唇が割れ目を完全に塞いでいた。ほとんど濃厚な口づけを思わせる結合部からは、クチュクチュと卑猥な粘膜音がひっきりなしに漏れ響く。快感そのものとなった有希の双尻は、今にも弾けてしまいそうだ。

「もう、やめてッ……そんなッ……いやあッ……こんなので、イきたくないいッ」

「イくんだよ、奥さん」

「ひッ……んひいッ……あああッ」

屈辱の人工授精によって、有希は絶頂に追いやられた。同時に股間から蜜液を撒き散らし、台所の床にバシャバシャと蜜液を撒き散らす。潮を吹いたのだ。

「種づけされて潮吹きするなんて、ほんものの変態妻だぜ」

「おああッ……ひいッ……ひいッ」

クイクイと腰が跳ねるたび噴き出す薔薇汁は、まるで間歇泉《かんけつせん》のようだ。再び精液を飲まされた有希の媚肉は、一匹でも多くの子種を子宮まで到達させようと、うねりにうねる。ゾクゾクとした牝の悦びを、有希はいやでも味わわされる。

(こんなので、イかされて……)

「マ×コは、だいぶ満足したようだな。今度は、こっちの穴をよくしてやる」

「ひいッ」

耕三の指先に肛門をとらえられて、有希は悲鳴をあげた。

「そこは、違いますッ」

「そう思えるのは今だけだ。そのうちに、むしろそこがいい、と思うようになるぞ」

「んああッ……ひいいッ」

(そんなッ……お尻なんてえッ)

まさか、排泄器官をいじられるとは思ってもいなかった有希は狼狽した。尻をよじって逃れようにも、アクメしたばかりの両脚はガクガクと震えて、立っているのがやっとの状態なのだ。そのうちにも耕三の指はいっそう深く捻り込まれ、ひねるような抽送をはじめた。

「うむッ……あぁッ……抜いてッ……抜いてぇッ」

「抜いてやりたいところだが、奥さんの尻が指に絡みついてくるんだから、どうしようもない」

惨美に極めた膣を真似ようとするのか、有希の肛門はギュンギュンとすぼみ、おぞましい指を狂おしく抱擁してしまうのだ。

(どうしてぇッ？)

ほぐされる肉層は次第にふっくらと蕩けさせられ、そうかと思うといじらしく緊縮し耕三の指を食む。そのたびに、ゾクッとした痺れが肛門から押し寄せて、両脚から力が脱ける。崩れ落ちそうになると、耕三の指が碇のように有希の双尻を引き上げて、座ることも許されない。

「ひぃいッ」

「アナルは初めてか、奥さん。せっかくこんな田舎まで来たんだ。うんといい体験をしていかなくちゃ、損だぞ」

ジーッと、チャックが下ろされる不吉な音が有希の鼓膜を揺すった。次の瞬間、有希の肛門口から熱く硬い鉄球のような亀頭が内側に潜り込む。

「ひいいいッ」

「ほんとうにアナルは、初めてか？　ずいぶん気前よく迎え入れてくれるじゃないか」

「そんなッ……ぐむむッ……あむうッ」

（こ、こんなッ……お尻なんてえッ）

肉の頭を呑み込まされて、有希は窒息寸前だ。肛門を塞がれているのに、喉までが蓋をされたように息ができない。だが苦悶に歪む宿主の顔とは裏腹に、有希の肛門は妖しく蠕動し、突然の訪問者を諸手をあげて歓迎しようとする。

「こりゃ、すげえッ。アナルがうねってやがる」

「いやッ……ひいッ……それ以上、挿ってこないでえッ」

「そんなことが言えるのも、今だけだ。そのうちもっと奥まで挿れて、とねだるようになるぞ」

「ひぎいッ」

さらに深く肉棒が押し挿ってくると、有希の喉からつんざくような悲鳴が漏れる。

ミチミチと無惨に筋を断ち切られているのに、有希の双尻からは、ムンッと女臭が匂い立ち、妖しい色香を惜しげもなく漂わせる。肛門道を通過した肉棒が、いよいよ魅惑の直腸に到達すると、有希の声帯は潰れたような吠え声を吐き出した。

「んほおおッ」

「完全に埋まったぞ。うへへ、奥さん。尻でつながった気分はどうだ」

「うむッ……あむッ……んむうッ」

巨肉との完全結合を果たされて、有希は言葉を発することもできない。耕三のジャングルに尻肌をくすぐられるほどの根深い挿入に、喉までが圧迫されているのだ。

(ううッ……悔しいいッ)

こんな卑劣漢と肛門で連結するなど、死にたいほどの屈辱だ。だが台所で排泄器官を貫かれる異様な感覚に女肉までもが昂《たかぶ》るのか、有希の粘膜は耕三を狂おしく愛撫し、極上の快感を与えてしまう。

「こりゃ、すげえッ。まるでマッサージだ。たまらねえぜ」

(ああッ……どうしてえッ?)

キユウッと肛門がすぼまるたび、有希の瞼の裏でバチバチと火花が散った。ゾクゾクとした感覚が背骨に伝わり、有希の脳髄までをも痺れさせる。苦悶の喘ぎは、いつの間にか火の息に変わり、抽送を催促するように尻肉が蠕動する。

(ああッ……このままでは、お尻でイッちゃうッ)

妖しい予感に、人妻の美貌は、はッとするほど蕩けていく。ちょうどそのとき、浴室のほうから娘の声がした。夫と娘が風呂から上がってきたのだ。

「おっと、旦那たちが戻ってきそうだな。残念だがここまでだ」

ズルンッと肉の頭が後退すると、有希の美貌がむしろ切なげに歪む。八の字に傾いた眉は苦悶ではなく、明らかに渇望を表現していた。

(そ、そんなッ……)

火をつけられた人妻の尻は、鎮火することもかなわずただれたままだ。亀頭を抜かれてもジンジンと痺れ、別れを惜しむように真っ赤な媚肉を蠢かせる。

「どうしたんだ、奥さん。尻でつづきをしたいのか?」

「そ、そんなわけありませんッ」

「そうか。まあ、いい。尻が疼いて眠れなかったら、こいつを旦那に飲ませるといい」

耕三は、粉薬の入った包装紙を台所に置いた。

「強力な睡眠剤だ。こいつを飲めば、寝ている最中に大地震が来ても目覚めない代物だ。気兼ねなく尻を犯られるってもんだ」

「こんなもの、いりませんッ」

「ふふ、まあ、好きにしろ」

不敵な笑みを浮かべた耕三は、チャックを上げると台所を出ていった。夫たちと入れ代わりに風呂に入った有希は、自らの下半身の惨状に絶句した。巨肉に貫かれつづけた割れ目は、まだまだ物足りないとばかりに口を開き、白濁まみれの媚肉を宿主に見せつけてきた。

(こ、こんなッ……なんて、いやらしいッ……)

乾いた精液が黄色く濁り、淡い陰毛をガチガチに固めているのが見るも無惨だ。全身の毛穴から精臭が噴き出してきそうなほど大量の白濁を注がれた事実に、有希はシクシクとすすり泣く。だが、いじられたばかりの肛門は、犯され尽くした膣に嫉妬するのか、ジンジンと痺れ、宿主に暗い欲望を訴えてくる。

(ああ……お尻なのに……こんなッ……)

卑劣な男の亀頭を受け入れてしまった肛門を丹念に洗いたかった。だが、わずかにも粘膜に触れれば、たちまちに女肉も理性も蕩けてしまうような気がして、それもできない。有希は、自分の惨めになった身体を呪った。

「今日はずいぶん歩いたから、疲れたな。足がパンパンだ」

一日中、虫取りをして疲労しているのに、目新しい環境が眠気を払いのけるか、夫はいつまでたっても寝ようとしなかった。真奈美は、何度もあくびをしながらも、約束どおり明菜夫妻の寝室に行った。

(早く寝てほしいのに……)

そう願っている自分に有希は驚愕した。これではまるで、自分が耕三に犯されたいと望んでいるようではないか。

(何を考えているのッ……有希、しっかりするのよ)

だが夫が楽しそうに会話をしているのを見て、有希の肛門は、じれたように疼き、宿主に悪魔の行為を催促してくる。尻から押し寄せる妖しい感覚に、有希の割れ目までもが共謀し、ジクジクとただれてきた。背徳の官能に下半身を浸らされて、有希の頭までもがおかしくなっていく。

(ああ……)

気づけば有希は、ビールを注いだコップの中に、眠り薬を混入させていた。マドラーを執拗に掻き回す姿が、どれだけ尻を犯されたいかを物語っているようだ。

「寝酒でも飲んだらどう?　よく眠れるわよ」

「おッ……ビールか。気が利くな」

妻の口元に浮かぶ笑みが、まさかふしだらな欲望によるものだとは夢にも思わず、憐れな夫はいかにも美味そうに喉を潤した。十分後、寝室に敷かれた布団の上で、夫は死んだように眠りに落ちた。その横で、欲望の牝犬となった有希は、自らの惨めさにすすり泣いた。

「ふふ、これから尻を犯られるのが、泣くほど嬉しいのか、奥さん」

襖《ふすま》を開いて寝室に入ってきた耕三は、これを予期していたのかすでに全裸だった。返答する間も与えず、耕三はいきなり有希の口腔に逞しいものを捻り込む。

「ぐむうッ……うむむッ」

「ほれ、こんなに音をたてても、旦那は起きないだろう」

耕三は有希の頭部を押さえつけ、猛然と腰を振った。唇が捲れるのもかまわず口腔の奥まで貫き、唾液混じりの粘膜音をこれでもかと響かせる。

（こ、こんなッ……お口がこわれちゃうッ）

夫のものを口で奉仕するのとは、わけが違った。口いっぱいに海綿体をほうばらされ、今にも顎が外れてしまいそうなのだ。耕三の股間に顔面を打たれるたび、有希の頭の中は真っ白になる。だが口内に居座る肉棒の熱は、有希の全身にまで及び、またたく間にただれさせられるのがわかる。

（しゃぶらされただけで、堕とされちゃうッ）

「んぐうッ……ぷわあッ……あむむッ」

「いい顔になってきたじゃないか。イラマチオされてうっとりするなんて、ほんものの変態だ」

顎の下で揺れる巨大な陰嚢からプンプンと精臭が湧き上がってくる。おぞましい芳香にすら有希の女肉は蕩けさせられ、肉悦を芽生えさせられる。一度、犯され尽くした人妻の熟れた身体は、どうしようもなく男の子種を求めてしまうのだ。

(ああ……あなた……ゆるしてッ……)

堕とされる予感に、早くも有希は夫に詫びた。謝罪したことで気が緩んだのか、有希の肉層からはジクジクと蜜が溢れ、ひときわ大きな呻き声とともに昇り詰めてしまう。

「ひぎいッ」

ブルッブルッと腰を震わせて、有希は絶頂した。肉棒を愛でるように喉がキュンッと引き締まり、精液を搾り取ろうとする。

「しゃぶっただけでイキやがったぜ。奥さんは、俺のチ×ポにメロメロってわけか。へへ、ラブコールには、こたえなきゃな」

「ぷわああッ」

有希の頭部を思いきり股間に押し込んだまま、耕三は精を放った。有希の唇の火照りと鼻息を股間で受けつつ、耕三の陰嚢がポンプのように収縮する。

(あぁッ……お口に出されてるぅッ)

雄の子種がたっぷりと貯蔵された袋が、不気味に蠢くのさえ、有希には神々しく感じられた。一度でさえ精飲したことがないのに、有希は当然のように白濁を飲み干すと立てつづけに極めてしまう。

「ひゃあんッ……ああんッ……イくうッ」

「しゃぶってイッて、飲んでイく。アクメの大判ぶるまいだ。ほれ、奥さん。尻を犯られたいんなら、自分から服を脱ぐんだ」

「ああ……」

はしたない指示にも、有希は操られるように寝間着《ねまき》を脱ぎはじめた。夫がすぐそこで寝ているのに、自らパンティを爪先から抜き取る自分が、有希には信じられない。

(どうして……私……こんなことをッ)

ひりつくように痺れる双尻が、宿主に剝き身を晒せと命じてくるのを有希はどうしようもできない。口内の残る白濁の粘つきと臭いに、いっそう人妻の身体は疼き、翻弄されていく。

「四つん這いになって尻を突き出せ」

耕三にピシャリと命じられると、有希はなぜだか抗えない。いや、有希の尻が抵抗することを許さないのだ。布団の上でドッグスタイルになった有希は、耕三に向かってクンッと尻を上向かせた。麗《うるわ》しい尻肌が照明の光を受けて、淫靡に震えている。

「ふふ、肛門だけいじったんじゃ、こっちが切なくなるだろう」

耕三はバッグの中から巨大なディルドを取り出した。さらにいかにも妖しげなプラスチックケースを開け、クリーム状の軟膏を指ですくうとたっぷりとディルドに塗り込みはじめた。

「いい薬を塗ってやるからな。オマ×コがうんとよくなる魔法の薬だ」

「ひッ……そ、そんなのッ……こわいッ……こわいいッ……ぐむむッ」

ズブズブと肉層を抉られて、有希はくぐもった悲鳴をあげた。有希の粘膜は飢えた野良犬のようにディルドに絡みつき、いかがわしい成分を吸収しようとする。たちまちに媚肉が燃え上がり、かあッとした熱が下腹に渦巻く。毛細血管にまで媚薬が浸透し、有希の裸身は今にも灼けただれてしまいそうだ。

「熱いいッ……んああッ……アソコがヘンになっちゃううッ」

「ヘンになるのは、マ×コだけじゃないぞ」

せせら笑った耕三の指が、今度は有希の肛門をとらえた。媚薬クリームをすくっては塗り、塗ってはすくうを執拗に繰り返す。粘膜の内側はもちろん、ヒクヒクと収縮する窪みに寄った皺の溝にまで、丹念に媚薬を塗り込めていく。

「ひいいッ……はひッ……ひゃあんッ」

「ひひ、尻がもっと塗ってと、パクパク口を開きやがるぜ」

親から餌を与えられるひな鳥のように、有希の肛門は恥ずかしげもなく開閉を繰り返す。真っ赤にただれた媚肉がジーンと痺れ、やがてそれは搔き毟りたくなるような疼きに変わった。

「はひいッ……んあああッ……切ないッ……有希、切ないいッ」

グラグラと美貌を揺らして、有希は悶えた。身体中の細胞が狂おしく乱れていくのが、はっきりとわかる。怖ろしい、と感じていたのも束の間、それは抗いがたい劣情に変わった。たまらず有希は、クネクネと裸身をひねった。そうしていなければ、狂ってしまいそうなのだ。ひいッひいッ、と叫ぶ声は、やがて色声が変わり、最後には切なさにすすり泣く始末。

「あぁッ……もうッ……有希、我慢できないいッ」

有希は自らディルドを掴むと、猛然と肉層を搔き回しはじめた。四つん這いの格好でいるのがじれったいのか、死んだカエルのように仰向けになり、両手で持ったディルドでズボズボと膣を抉る。

「はひいいッ……ああぁッ……たまらないッ」

「旦那が寝ている横で、なんてはしたないんだ。せっかくだから記念撮影してやるよ」

並んだ夫婦の姿を、耕三はスマホで何度も撮影した。死んだように眠りこける夫の横で、死ぬうッ、と叫びつつ股間を痙攣させる人妻のいやらしさは、筆舌に尽くしがたい。無様に開いた太腿の筋がしなる。淡い茂みから乳房のあたりまでが、白波のように何度でも揺蕩《たゆた》う。

「スケベさも、ここまでくると文化財級だぜ。しかも人妻とくれば、なおさらだ」

「ひいッ……お尻もッ……有希、お尻も切ないいいッ」

自らマングり返しになった有希の肛門は、極限状態に追い込まれていた。真っ赤に充血した媚肉が穴からはみ出し、逞しいものを探るようにうねる。パックリと開いた洞穴《どうけつ》を欲望のままに拡げ、犯されたいッと叫んでいるようだ。

「こりゃあ、すげえ……」

鬼畜は思わずうなった。マグマのように媚肉が煮え立つ牝穴は、肉棒もろとも溶かされてしまいそうだ。耕三は、荒く息を吐きつつ、何度も舌舐めずりをした。欲望に沸き立つ肛門に亀頭をあてがうと、耕三の肉棒が深々と人妻の尻を串刺しにした。

「ひいいいッ」

白目を剝いて、有希は絶叫した。蕩けた女肉が下腹の内側で渦となり、容赦なく有希を引きずり込む。焦点の合わない目は完全に理性を失い、唇の端からは涎を垂れ流す。まるで肉人形の有様だ。

「こいつは、たまらないぜ。長く生きてみるもんだ。こんなスケベな尻と一つ屋根の下で暮らせるなんてな」

のしかかるように有希の両脚を跨いだ耕三の肉棒が、これでもかと有希の尻を打ちつける。同時に耕三はディルドをも抽送させて、滅茶苦茶に人妻の下腹をこねくり回した。ひーッと仰け反った有希の背中が、ギリギリと湾曲する。すでに極めているのだ。

「イッてるうッ……有希、もうイッてるううッ」

「まだまだ、夜は長いぞ、奥さん。一つの穴につき、五回は極めてもらうかな」

耕三の腰が、トランポリン競技の選手のように、有希の双尻の上で、何度も跳ねては沈み、沈んでは跳ねる。今や乳首までがツンッと尖っているのが、有希からは丸見えだ。その向こう側では、二つの結合部がブクブクと泡立ち、まるでメレンゲのように下腹に流れて落ちてくる。

「はひぃッ……あッ……あああッ」

「またイッたな、奥さん。今のは、尻か？　マ×コか？　それとも両方か？」

（いやらしいッ……私の身体、いやらしいぃッ）

むごたらしい二穴の有様も、有希にとってはもう悦びでしかない。淫欲にまみれた局所を目《ま》の当たりにして有希の昂りはいっそう烈しく燃え盛《さか》った。ふいに緊縮をはじめた女陰から噴水のように蜜液が飛沫く。

ブシャアアアッ！

「んはああッ」

「汁まで噴いてやがる。盗人《ぬすっと》猛々しいならぬ、変態《へんたい》猛々しいってやつだ」

自ら放った淫水が有希の美貌にバシャバシャと降り注ぐ。ふしだらなシャワーに有希の理性までもが拭われた。全身が性感帯となった人妻は、まるで自分が穴そのものになったように錯覚した。そして、それが嬉しくて仕方がない。

（身体中がッ……穴あああッ）

「うああッ……ぷわあッ……ぎもぢいいッ……ゆぎッ……たまらないいいッ」

「ひひひ、スケベなところを、旦那にもっとよく見せてやれ」

耕三は、肉棒もディルドも有希の下腹から引き抜いた。ああッ、抜かないでえッ、と泣き喚く有希をよそに、固定具を使って夫の口にディルド装着した。

「ほれ、ここが奥さんの特等席だ」

「ああッ」

もう一秒だって、待てなかった。硬く大きなもので穴を塞いでいなければ、気が狂ってしまいそうなのだ。痺れる両脚を引きずるようにして、有希は夫の顔面を跨いだ。夫の太腿に両手をつき、桃尻を突き出すようにしてディルドを膣で包み込む。

「ひゃんッ……あああッ……おじりッ……だまらないッ」

「夫の顔と肛門でつながるなんて、斬新な夫婦の営みだな」

「あんッ！　あんッ！　あんッ！」

浮き沈む尻に合わせて、有希の声から悦声が漏れる。めまぐるしく上下する人妻の尻に、耕三は舌を這わせた。肉層を抉らせるたび、人妻の肌から滲み出す味が濃厚になる。それはまさにセックスの味だ。どんなに丁寧に育てた野菜よりも、刹那的な快楽に埋没する牝のほうがはるかに美味という現実に、耕三はむしろ暗い悦びを覚えた。

「もっとスケベで、美味い身体にしてやるッ」

「はひッ……んひゃあッ……あああッ」

耕三の肉棒に背後から貫かれて、有希は絶叫した。頭の中が真っ白になり、もう自分がどんな格好をしているのかもわからない。なのに尻の感覚だけはどんどん鋭敏になり、打ち込まれるたびに波打つ尻肉の感触までがはっきりとわかる。

「ぐるうッ……ゆぎッ……おじりで、ぐるっぢゃうううッ」

「狂っていいんだ、奥さん。ほれッ、狂えッ」

「おおおッ」

スパンッと尻を平手打ちされて、有希の喉から吠え声が漏れ響いた。叩かれるたび媚態が収縮する。快感とともに薔薇汁が噴き出し、夫の面上を容赦なく汚した。

「面汚《つら》しってのは、まさにこのことだな。いや、むしろかいがいしく夫の顔を汁で洗ってやってるのか」

「ひぎいッ……イぐううッ……ゆぎ、またイぐううッ」

「うんと出してやるから、尻で天国へイッてこいッ」

「あああッ」

尻の内側で肉棒が炸裂した。ドクドクと精液を満たされて、有希の目は反転し、ブクブクと泡を噴く。緊縮した女肉が、今度は一気に緩み、シャーッと黄金色の液体がほとばしる。夫の顔は、蜜液と聖水でグショグショに濡れ尽くした。

「汁の次は、おしっこか。とことん旦那に尽くす人妻だぜ」

耕三の高笑いも、有希には、もう聞こえていない。快楽の奈落へと転落した有希は、半ば失神しつつも、まだまだ尻を振りつづけた。

第四章　集会所は淫魔の輪姦地獄

「前に少し話したが、もうすぐ村をあげての祭りがあるんだ。小さな村で唯一の娯楽だから、みんな気合が入っていてな。明菜さんにも手伝ってもらうんだが、有希さんももしよろしければ、手伝ってくれんかな。なにしろ、女手は貴重なもんでな」

「もちろんです。僕も手伝いますよ。有希だってかまわないよな？」

「え、ええ……」

ニヤニヤと笑いつつビールを飲む耕三を、有希はまともに見ることができない。局所ばかりか肛門でまでつながってしまったのだ。媚薬を使用されたとはいえ、自ら腰を振り、何度も精液をねだり、何度も極めた。

（こんなことが、夫にばれたら……）

眠る夫に折り重なるように倒れた有希は、あ、あ、あ、と放心状態のまま身体を痙攣させていた。そんな有希に、耕三は恥辱の記念写真を見せつけて、脅迫してきた。

「逃げようなんて考えちゃいかんよ、奥さん。写真だけじゃなくて、動画も撮ったからな。旦那ばかりか、奥さんが勤務している会社に送りつけてもいいんだぞ」

途切れ途切れの記憶のなか、耕三の脅しだけははっきりと耳に残っていた。あんな姿を見られたら。そう思うと、有希は生きた心地もしない。

(逃げられない……)

滅茶苦茶に尻を貪られた狂気の一夜を思い出し、有希は背筋を震わせた。昨夜は、徹底して尻を狙われた。排泄経験しかない初心な肛門に何度も巨肉を呑み込まされたあげく、大量の精液を注がれた。今もまだ直腸に残る熱液が、有希の下腹をジンジンと灼き、容赦なく女肉を蕩けさせようとしてくる。それが、有希にはただ怖ろしい。

「そりゃあ、ありがたい。うちからこんな美人を二人も派遣すれば、村の男たちは大喜びだ」

「でも有希がお役に立てるかどうか。なにせおっちょこちょいでしてね。今朝も掃除をお手伝いしようとしてバケツにくんだ水を、俺の顔にぶちまけたんですよ。だから、朝からグッショリ濡れてしまって。ま、いい目覚ましにはなったけどな」

「ははは、それはとんだ災難でしたな。奥さん、大切な旦那さんに水をぶちまけるなんて、いけないいな」

有希は、ただうつむくことしかできない。グッショリと濡れた夫を誤魔化すには、それしか手段が思いつかなかったのだ。

（ああ……どうして、こんなことに……）

明菜夫妻は、仕事が長引いているのか、まだ帰宅していない。悠人も帰りが遅くなるようだ。耕三と夫は、神輿《みこし》やら屋台の話で盛り上がり、有希の娘、真奈美もお祭りだあッ、とはしゃいでいる。

（お祭りか……また何かされでもしたら……）

だが村内の祭りであれば、大勢の人間がその準備にかり出されるはずだ。であれば、耕三が自分に手を出すこともできない。ほんとうであれば、今すぐにでもこの家を出ていきたいところだが、夫も娘も神郷村での生活を満喫しているし、急に帰りたいと言い出せば、かえって不審に思われるかもしれない。

（とにかくあと五日間、一人にならないようにするのよ）

耕三によって、明菜までもが貪り尽くされているとは考えもせず、翌日の村内祭り会議に有希は出席した。明菜夫妻と耕三、それに有希夫妻が参加した。娘の真奈美は近所の若い夫婦にその間、面倒を見てもらうことになった。耕三の家から徒歩で十五分ほど移動したところに、公民館風の建物がある。会議はそこで行われた。いかにも公民館らしく、大座敷に折りたたみテーブルが並べられ、十人ほどの男たちがすでに座って待機していた。定刻になると、村長の大崎《おおさき》が壇上に出て挨拶をした。

「ええ、みなさん。お忙しいなか、神郷祭の会議に来ていただきありがとうございます。今日は、それぞれ担当していただく作業の割り振りと、祭りをもっとよくするための意見を募ります。忌憚《きたん》のない意見を歓迎しますよ。耕三さんのところからは、都内に住む方々が特別参加してくれるというし、今回の祭りは大いに期待できそうだ」

有希たちを見て、男たちはいっせいに拍手をした。ほとんどが六十歳を過ぎた男たちで、農業を生業《なりわい》としている男がほとんどなのか、みんな一様に日に焼け、太い二の腕を剝き出しにしている。その風貌が耕三を彷彿とさせて、有希はまともに顔を上げることもできなかった。

「こりゃ、頼もしい」

「やっぱり東京の人たちは、垢抜けてるなあ。いよいよこの祭りも洒落《しゃれ》たものになりそうだわい」

などと、男たちは頷きつつ、有希たちを歓迎した。会議が進行するにつれて、有希は開催される祭りの規模が思った以上に大きく、歴史ある祭典だと思い知らされた。

もとは農業を中心にしていた時代に、農作物が無事に収穫されることを神様に祈願したことがこの祭りの起源らしい。今もまだ農家が多いこの神郷村では、非情に重要なイベントで、県外から参加してくる者も多いとのことだ。話し合いの中で、有希と明菜は御神輿の準備担当に決まった。当日まで神輿担当がやることはなく、練り歩きの直前に準備をすればいい、ということだった。

「御神輿は、どこに保管されているんですか」

明菜の夫の健一が、質問すると、男たちがなんとも言えない低い笑いを漏らした。

「健一さんは、この村の出身だけど、神輿の練り歩きには参加したことがなかったな」

大崎が説明したところによると、神輿の練り歩きは神聖な儀式らしく、それがはじまると同時に、村の人間は家に閉じこもり外出することを固く禁じられているという。神輿の担ぎ手は村長が任命し、それ以外の人間は神輿を見ることも許されないのだ。今でこそ廃止されているが、一昔前、江戸時代の頃は、その禁を破った者に対して生き地獄に等しい拷問が行われていたらしい。

「そういうわけで、神輿を盗み見ることができないように、保管場所は厳《げん》として秘密なんだよ、健一さん」

「そんな神聖な神輿をうちの妻たちに用意させていいんですか」

「東京の方にこの土地の風習を知ってもらういい機会だと、わしは思うての。みんなも賛同してくれとるわけだ」

うんうん、と男たちは頷いた。

(ずいぶん厳重なのね。思った以上に神聖な儀式なのかも)

「いや、みんな、ご苦労だったな」

作業担当の割り振りが終わると、意見交換もかねて懇親会が開かれた。テーブルの上に惣菜や寿司、ビール瓶が所狭しと並ぶ。

「では、祭りの成功を祈って、乾杯!」

大崎がグラスを掲げると、男たちは一気にビールを呷《あお》った。すぐに夫たちは男に囲まれて、グラスにビールを注がれていく。田舎の男たちは、よほどに酒が強いのか、まったく顔を赤らめることもなく、夫たちだけが酔わされ、やがて鼾を掻いて眠ってしまった。

「おやおや、奥さんたちを放っておいて、旦那さん方は眠ってしまいましたな。耕三さんのところの息子は、酒が弱いねえ」

村長の大崎が、夫たちの顔を覗き込んで言った。

「お恥ずかしい限りですな。どうもこいつは子供の頃から神郷村の男とは思えないほど、情けない奴でしてな。こんなだから、神輿を担がせてもらえんのだ」

「ふふ、奥さんたちは、まだ飲めるでしょう。こんな田舎では、酒を飲むことくらいが愉しみでねえ」

明菜と有希を囲むように男たちが車座になって座った。男たちの年齢層はさまざまで、六十代でいかにも農家という風貌の男から、髪を金髪した土木作業員のような若い男もいる。皆、ニヤニヤと笑いつつ、明菜と有希のコップにビールを注いでくる。

（ああ……いやだわ……）

酒を飲んでいるのをいいことに、男たちはグイグイと人妻たちの身体に近づき、隙《すき》を見て太腿や二の腕に触れてくるのだ。明菜も有希も愛想笑いをしているが、それも限界に近づくほど、男たちの手は馴れ馴れしく人妻の肌を這い回るのだ。

「しかし、奥さんたちはべっぴんだな。耕三さんは、いい女を連れてきてくれたもんだ」

「夜のほうがお盛んで寝不足だから、旦那たちは眠りこけてるんじゃないのか」

東京であれば一発でコンプライアンス違反の台詞を、男たちは次々と連発した。明菜と有希の胸元をジロジロと眺め、無遠慮に舌舐めずりする者すらいる。

「さて、そろそろ宴もたけなわですな。祭りを成功させるために、奥さんたちともっとお近づきになっておきましょうかね」

大崎が宣言すると、男たちの目がギラリと光った。おもむろに伸びてきた幾本もの手が、いっせいに有希と明菜に襲いかかり、服を毟り取る。

「な、なにいッ？」

「ひいッ……やめてえッ」

二人の人妻は迫り来るおぞましい手から逃れようともがいた。だが男たちの凄まじい腕力に女がかなうはずもない。美貌を振り乱し、もつれ合ううちに、たちまちに有希と明菜の剝き身が晒された。

「いやああッ」

「ひいいッ」

十人もの男たちの前で全裸にされた恥辱で、美女たちの肌が真っ赤に染まる。両手で乳房と股間を隠す人妻たちは、いきなり背後から抱えられて狼狽した。

（な、なにッ？）

「ヒヒ、わかめ酒で乾杯っていうのが、神郷祭では恒例の儀式でな」

「今年は、こんなべっぴんの盃で飲むんだ。盛大な祭りになるぞ」

用を足す幼児のような格好をさせられた明菜と有希の太腿が、ぴったりと密着させられた。当時に二つの割れ目が接吻するように重なり、ヌチャッと卑猥な粘膜音を漏らす。真っ白な肌の上で一つに絡みついた人妻たちの漆黒の陰毛が、異様なほど鮮やかに映える。

「こいつはすげや。ダブルマ×コの盃ってのは、やっぱり迫力があるぜ」

「おまけにこんなに美人のマ×コだからな。ひひ、スケベな臭《にお》いも倍だ」

互いの真っ赤な媚肉が卑猥に絡み合う光景を目の当たりにして、二人ははッと目を反らした。長いつき合いだが、全裸を見せ合うのは今日が初めてなのだ。それが、まさか、こんな悲惨な見せ合いになろうとは……。

「聞けば二人とも優秀なキャリアウーマンらしいじゃないか。起業した先輩として、後輩にスケベなマ×コを見せてやったらどうだ」

ニヤリと笑った大崎が明菜の下腹を、二度三度と圧迫した。

「お、押さないでえッ……ひいッ……ぐむむッ」

「あ、明菜さんッ……」

潰れたような声で呻いた明菜の美貌が、はしたなく歪んだ。憧れの女性の下腹が太腿のつけ根が妖しく波打ち、引きつるように裸身が仰け反る。ひいッと悶えた明菜の肉層が膨らむと、奥から大量の白濁がゴポゴポと溢れてきた。

「いやあぁッ」

「ひひ、朝方にうんと出してやったザーメンだぞ。息子の息子よりも、俺の息子のほうが明菜さんはたまらないんだよな」

「ひどいッ……ひどいいッ」

（ああ……明菜さんも、この男に犯されていたんだわッ）

犯され尽くした証拠を友人に見られて、明菜の美貌が恥辱で真っ赤に染まる。男たちは美人の膣から溢れる白濁を見て、おおッ、と感嘆の声を漏らした。

「ほんとうに犯られてやがるッ」

「レイプされたにしちゃ、嬉しそうなマ×コだ。子供みたいにはしゃいでるぜ」

明菜の女陰は充血してただれきり、今にも血を噴き出しそうなほどだ。ベットリと精液が絡みついた明菜の媚肉が、ウィルスを捕食する白血球のように膣口に絡みつく。恥辱の蠢きにも、二人の人妻たちの股間にジワジワと官能が押し寄せ、思わず甘い声を漏らしてしまうのが憐れだ。

「ああんッ」

「んはあぁッ」

「奥さんにもうんと出してやったんだよな。ほれ、明菜さんに見せてやれ」

くんッと有希の双尻を持ち上げると、耕三の指先が肛門を揉み込んだ。

「ひいッ……やめてッ……触らないでぇえッ」

明菜ばかりか男たちの眼前で肛門をいじられるなど、恥辱の極みだ。だが大勢の視線に晒されて有希の肛門は俄然張りきってしまうのか、自ら口を開閉し、蕩けるような女肉を観衆に見せつける。

「ゆ、有希……」

「見ちゃ、いやあッ……明菜さん、見ないでぇえッ」

「もっとよく見てもらうんだ、奥さん」

狂ったように美貌を振り乱す有希の肛門の奥から、まさしく雪崩のような白濁が押し寄せてきた。ブビッと卑猥な破裂音とともにねっとりとした精液が飛散した。

「いやああッ……ひどいいッ」

「この奥さんは、尻まで犯られてやがる」

「スケベなマ×コとスケベな尻が、注がれたザーメンの量を競ってやがるんだぜ」

二つの穴から溢れた白濁が混ざり合い、むッとするほどの刺激臭が立ち昇る。屈辱の芳香に、明菜と有希は、互いがどれほど無惨に犯されたかを思い知った。

（こんなッ……こんなああッ）

憧れの女性の無惨な姿を見たうえに、自らの凄惨な肛門を見られた。互いの惨状を目の当たりにして、人妻たちはひいひいと泣き叫ぶ。だが悲痛な声とは裏腹に、精液を溢れさせる膣と肛門は、放出してしまった精液を吸い込もうとするように忙《せわ》しなく収縮を繰り返す。人妻たちの破廉恥すぎる穴を見て、男たちの興奮は、いよいよ加速していく。

「へへへ、奥さんたちのスケベな穴がザーメンをおねだりしてるぜ」

「レディの穴にせがまれちゃ、ちゃんと戻してやらんとな」

男たちの指先がザーメンを掻き集め、人妻たちの四穴に塗り込みはじめた。

「んああッ……ひどいッ……こんなの、ひどすぎるうッ」

「いやあッ……あなたッ……助けてッ……あなたああッ」

「あなた、か。やっぱり人妻なんだな」

「こんな姿を旦那に見られたら、離婚されちまうってのによ」

男たちの無骨な指がかわるがわるに人妻たちの四穴に押し入り、白濁と媚肉を執拗にまぶした。だが散々に犯された人妻たちの穴は、卑しい指にも悦びを覚え、ジンジンと火照り出す。粘膜を絞るようにうねらせ、イソギンチャクのように男たちの指を抱擁してしまうのだ。

（どうしてぇッ？）

「おおッ……すげえや。指が食いちぎられそうだぜッ」

「こんなスケべな穴は指だけじゃ、とても満足せんだろう」

ふてぶてしい笑みを浮かべた大崎の顔面が、有希の股間に迫った。いや、大崎だけではなく耕三や他の男たちの顔が、樹液に群がるカブトムシのように人妻の二穴に密集し舌を捻り込んできたのだ。

「それ、いやああッ」

「舌なんて、やめてぇッ」

いやッいやッと泣き叫んでも、男たちの舌は容赦なく明菜と有希を責め立てた。ドリル状に丸められた舌でズボズボと媚肉を抉られると、二人の穴はもうどうにでもして、とばかりに口を閉じることもせず、奥の奥まで女肉をのぞかせつつ舌にひれ伏した。

「ひいッ……やめてッ……んああッ」

「お尻なんてッ……ひぎいッ……」

二人の太腿が、ギリギリとしなる。尻肌がうねるように痙攣すると、人妻たちの背骨に怖ろしいほどの快楽が走り抜けた。美貌を反らせて、妖しく波打つ喉仏を晒すと、ひいいッとユニゾンの悲鳴が公民館に轟く。絶頂したのだ。

「イッたな、奥さん。敏感なオマ×コとアナルだ」

「さすがは耕三さんだ。よくここまで仕込んだもんだ」

あ、あ、あ、と喘ぎつつ、有希と明菜の双尻がガクガクと震えていた。下腹からせり上がる快感で全身に鳥肌がたち、仰け反った美貌は抗いようもなく弛緩する。

「さて、奥さんたちのスケベな身体で乾杯だ」

ヒクついたままの太腿と太腿、蠢く割れ目と割れ目をぴったりとくっつけられると、有希と明菜の下半身が卑猥な肉器を形成した。そこに日本酒がドバドバと注がれた。

なみなみと注がれた酒の泉の中で、二人の漆黒の茂みと真っ赤な媚肉が艶っぽく揺れ動く。そのコントラストの鮮烈さに、男たちは眩しいものでも見るように目を細めた。地元酒の香りに混じって、熟れた女の妖香が匂い立ち、それだけで男たちは酩酊してしまいそうになる。

「奥さんたちのスケベな下半身と、祭りの成功を祈って乾杯だ」

「へへへ、奥さんたちとの性交も祈ってな」

「そりゃ、祈るだけじゃ終わらんがな」

気つけ薬とばかりに淫酒に顔を突っ込み、男たちはかわるがわるに味わいはじめた。熟れた人妻の濃厚な味わいが、酒に旨みを与え、いっそう美味となっている。

「こりゃ、美味いッ」

「瓶詰めにすれば、高値で売れるぞ」

空《から》になった人妻の盃の底をレロレロと舐め尽くしても、男たちはまだまだ飲み足りない。全裸のまま畳に座らされた明菜と有希は、無理やり酒を口に含まされては、男たちに唇を吸われていた。

「ううッ……んむむッ」

（こんな田舎に来るんじゃなかった……）

有希は心底後悔したが、もう遅い。息つく間もなく口に酒を注がれるうち、酔いが回ってしまったのだ。ふらついた足腰では、逃げることもできない。

「美人の奥さんの口から飲む酒ってのは、最高だな」

「奥さんたちの唾液で、旨みがさらに際立つぜ。日本酒の人妻涎割りだ」

ゲラゲラと笑い合いつつ、男たちは、かんぱーいとはやし立て、明菜と有希の頬をぴったりと密着させた。その間にも、豊乳や太腿、股間を忙しなくいじられる。

「あ、明菜さん……うああッ……」

「んあぁッ……有希……」

名を呼び合いつつ、目を合わせた明菜と有希は、互いの惨めさに愕然とした。無様に揉み抱かれる乳房、茂みを掻き上げられて、はしたないほど媚肉を覗かせる割れ目、さらにはその下の肛門は、何本もの男たちの指が捻り込まれて、女肉を掻き回していた。

(あの明菜さんの身体がッ……こんなッ……)

きらびやかなビル群を、颯爽《さっそう》と長い髪をなびかせていた凛々《りり》しい明菜の姿は、もう
そこにはなかった。土臭い田舎の男たちに身体中を貪られ、ひいひいと喘ぐその姿は、
一匹の惨めたらしい牝でしかない。

「ほれ、奥さんたちの涎をブレンドさせてみろ」

強引に頭を押されて、美貌の人妻の唇と唇がピタリと重なった。

「やめてッ……んむッ……ぐむうッ……」

「クチュッ……チュパアッ……ぷわあッ……」

「スケベな動画をばらまかれたくなかったら、舌を絡ませるんだ」

(ううッ……ひどいいッ)

どちらからともなく観念したのか、塞がれた唇の中で舌がもつれるクチュクチュと

した粘膜音が漏れる。唇ばかりか乳房までもが密着し、火照った身体の熱を互いに知られる恥辱に息を喘がせる。

(明菜さんの身体、熱いいッ)

それは明らかに昂りの熱だった。牝の欲望が明菜の内側で沸騰しているようだ。その熱は、有希の裸身をもただれさせ、気を抜くと頭を溶かされてしまいそうだ。

「いやらしい音じゃないか。大崎村長。どうぞ、人妻ブレンドを味見してくださいよ」

「いいのかい。じゃ、まあ、年長者の特権ということでな」

「ほれ、村長がお味見されるぞ。二人そろって村長の口に酒を注ぐんだ」

大崎の顔が、明菜と有希の美貌の間に割り込んだ。美貌の人妻の唇が老いた男の唇を塞ぎ、唾液混じりの酒をチュルチュルと注ぎ込んでいく。

(ううッ……悔しいッ)

まるで自分が、卑しい器になったような感覚に、有希はすすり泣くことしかできない。だが大崎は、この世で最高の美酒を味わった者のように顔を綻ばせ、厚かましくも舌まで差し込んでくる。三枚の舌が妖しく絡み合い、互いの鼻息で前髪が揺れる淫らな光景に、男たちの情欲はもうこらえきれない。

「耕三さん。そろそろ俺たちも我慢の限界ですぞ」

「あいかわらず、せっかちだな。まあ、いい。脱いでいいぞ」

男たちは歓声をあげつつ、いっせいに服を脱ぎはじめた。満足した大崎が、極上の味だ、と唇を舌で拭ったときには、耕三と男たちの男根が天を示して屹立していた。

「ひいいッ」

「いやあぁッ」

おぞましすぎる光景に、明菜と有希は悲鳴をあげた。今にも放たれようとする銃口のごとき男根に囲まれて、人妻たちの裸身がガタガタと震え、その美貌からは血の気が引いていく。

「そう、怖がるもんじゃない。この逞しいもので気持ちよくなれることくらい、奥さんたちのほうがようく知っているだろう。その身体でな」

「これからうんと衝いてくれるみなさんのチ×ポを洗い清めてやるんだ。ふふ、酒を口に含んでな」

「そ、そんなことできまッ……んぐぐッ」

「いやッ……もう、ゆるしてくだッ……ぷわあッ」

懇願の言葉も言い終わらないうちに、口移しに酒を注がれた。人妻たちの涙の訴えは、むしろ男たちの昂りを刺激したにすぎない。鼻息を荒くした頭の禿げた中年男とでっぷりと腹の出た男が、いきり勃ったものを人妻たちの口腔に捻り込む。

「んぶうッ……うむッ」

「おお……こりゃ、たまらんッ……酒と舌が絡みついてきよる」

「こっちの奥さんの口も最高だぞ。燗《かん》したみたいに酒が温かいぜ」

男たちの顔が恍惚で緩む。ねっとりとした酒と熟女の粘膜が絶妙に絡み、肉棒を愛でてくるのが、たまらないのだ。

（こんなッ……こんなあッ）

名前も知らない中年男の巨肉を味わわされて、有希はすすり泣く。だが嗚咽《おえつ》すらも男根に塞がれて、飲み込まされてしまう始末。アルコールと男根の異臭が鼻腔に突き抜けて、思わず咳き込みそうになっても、口いっぱいにほうばらされた肉棒がそれすらも許さない。

「チ×ポといっしょに味わう酒は美味いだろう、奥さん」

「口ばかり可愛がられて、両手が寂しそうだな」

男たちは、有希と明菜をぐるりと囲むと、その両手に肉棒を握らせた。

「ほれ、口と手でしごくんだよ。全員が一発出すまでやめねえぞ」

「んぐうッ……」

摑まれた手で強引に男根をしごかされた。手のひらに尋常ではない熱が伝わり、今にも煙が立ち昇ってきそうだ。喉の奥まで巨肉が突き刺さり、陰毛越しの恥丘に顔面を打たれると、頭の中で火花が散る。手にも頭にも快淫の火種が灯《とも》され、今にも業火となって灼き尽くされそうな予感が、有希にはただ怖ろしい。

(また、おかしくされちゃうッ)

だが男たちの追撃は止まらない。困惑する有希の豊乳や尻、股間までをも幾本もの手がいじってきたのだ。

(ああッ……こんな大勢にッ……有希の身体……汚なくされちゃうッ)

「んんッ……ぷわあッ……うむむッ」

だが、一度極めた有希の身体は、屈辱の愛撫にも快く応じてしまう。無様に乳房を揉まれ、はしたなく割れ目を左右に拡げられているのに、膨らんでくるのはむごいほどの快感だ。乳首はいつの間にかツンッと尖り、いじられる割れ目はジクジクと蕩け、ぷっくりと実った淫の実は今にも弾けてしまいそうだ。

「奥さんの身体はそうとうスケベだな。どこもかしこも気持ちいいって叫んでやがる」

（どうしてッ……私の身体、どうしてぇッ？）

自分の身体の反応が、有希にはただ呪わしい。抗うように美貌を振り乱すさなか、視界の隅にとらえた明菜の姿を見て有希は言葉を失った。蹲踞《そんきょ》の姿勢になった明菜は、我から男根を摑んで、無我夢中でしごいていた。それればかりか美貌を前後に揺すって、唇が捲れるのもかまわず、喉の奥まで肉棒を誘っている。

（ああッ……こんなッ……こんなのが、明菜さんなのッ？）

はあはあと乱れた息を吐く明菜の股間の下には、仰向けになった男の顔が潜り込み、レロレロと局所にむしゃぶりついていた。その男の顔にすら自ら股間を擦りつけ、明菜は、はしたない快感を味わい尽くそうとしているようだ。

「んぶうッ……んんんッ……ぷわあッ」

鼻に抜ける甲高い声は、誰が聞いても快感を訴える甘声だ。細められた目は色に霞《かす》み、眉間に刻まれた深い皺すらも官能のしるしだった。

「こっちの奥さんは、もうたまらないようだな。ふふ、有希さんだったな。我慢せずによがっていいんだぞ」

（怖いッ……怖いいッ）

破廉恥な明菜の姿に、数分後の自分を重ねて有希は頭がおかしくなってしまいそうだ。だが憧れの女性が不衛生な男根に翻弄される姿を見て、有希の身体は勝手に観念した。理性の門扉《もんぴ》を自ら解錠した有希の裸身は、一気に押し寄せた快楽を浴びて堕ちていくしかない。

「んんんッ」

有希はギリギリと身をよじり、喘ぎに喘いだ。口内からも手のひらからも雄臭が漂い、頭の中まで包まれてしまいそうだ。そして、それを心地よいと感じる自分を有希にはどうしようもない。

（あぁッ……この臭いが、いいのおッ）

まるで香薬《こうやく》のような雄臭に有希の頭はドロドロに蕩けさせられた。あとに残ったのは、剥き出しになった牝の本能だけだ。

「ほれ、先は長いんだ。奥さんがたの喉を潤わせてやれ」

「ひひ、出すぞ、奥さん」

「ザーメンの酒割りってのは、乙《おつ》なもんだぞ」

「ぐむむッ……んんんッ」

二人の男は、したたかに精液を放った。まるで口内で心臓が脈動しているような射精は、年老いたその見た目からは想像もできないほどの噴出力だ。

（お口の中で、ドクドクってしてるうッ）

硬い亀頭が跳ね飛び口内粘膜を打つたびに、瞼の裏でバチバチと快感が弾ける。たちまちに明菜と有希の口内は、白濁酒に満ちた。まさしく盃を受けるとばかりに、有希と明菜はゴクゴクと精液を飲み干した。

「へへ、いい飲《か》みっぷりだぜ、奥さん」

「契りを交わす盃だ。ひひひ、身体と身体のスケベな関係のな」

酒の効果もあって、二人の身体が、かあッと火照る。火がついたように燃え盛る裸身が競い合うようにガクガクと震えると、二人は天を仰いで絶頂した。

「ひいッ……有希、イくうッ……んああッ」

「明菜もイッちゃうッ……熱いッ……どこもかしこも熱いいッ」

目も口も半開きにしたままの二人の美貌は、見るも無惨に緩みきっていた。休む間もなく、男たちは次から次へと口移しに酒を注いでは、人妻たちに肉棒をしゃぶらせる。唇の端から涎と精液と酒が垂れて、見事に張った二人の豊乳は今やヌラヌラに照り光っていた。

「はひいいッ……有希、またイくううッ」

「明菜、イきっぱなしいいッ」

「上の口ばかりじゃ物足りないだろう、奥さん」

ニヤリと笑み浮かべた大崎が、おもむろに全裸になった。耕三に勝るとも劣らない巨肉がそびえ立ち、二人の美貌に影を落とす。たるんだ腹からは想像もできないほどビキビキとスジ張る男根は、ほとんど凶器のようだ。

（お、大きいッ……）

長大、というだけで人妻たちの目が妖しく霞んだ。下腹が疼き、全身に鳥肌が生じるほど逞しいものを求めてしまう。四つん這いにされた明菜と有希は、はあはあと息を荒げつつも、もう抗いもしない。二つ並んだ桃尻が、競い合うようにうねり、肉棒を懇願する。

「いい眺めだ。わしのものはたまらんぞ。若い者にはまだまだ負けん」

「ふふ、俺も負けていられないな」

大崎が有希と、耕三が明菜と、わずかな隙間もなく結合した。ひいいッと絶叫したのも束の間、すぐさま上の口にも別の男の肉棒を捻り込まれて、くぐもったうめき声をあげる。

「ううッ……ぐむむッ……あむうッ」

「んむむッ……ぷわあッ……あむッあむッ」

前から後ろから巨肉を打ち込まれて、人妻たちはわけもわからず裸身を絞った。口からも膣からも凄絶な快楽が雪崩込み、裸身の中心でぶつかると、抗いようもなく二人の身体が弾け飛ぶ。女肉がひとりでに快楽を貪り、逞しいものを情熱的に食い締める。それが人妻たちには、悦びでしかない。

「こりゃあ、たまらんッ。積極的なオマ×コだ。わしのチ×ポをクイクイ締めつけてくるぞ」

男たちは獣のように腰を振りたくった。顔面も美貌もしこたま巨肉に打たれて、人妻たちの裸身がのたうつようによじれる。噴き出した汗と汁が畳に飛び散り、異様な臭いがムンッと湧き上がる。

「スケベな臭いだ。全身からセックス臭を噴き出しよる」

「んんッ……うむッ……ぐむうッ」

「ほれッ……上下の口に精子を注いでやるぞッ」

雄叫《おたけ》びとともに、四人の男たちの肉棒がけたたましく弾けた。異様なほど鋭敏になった上下の粘膜は、肉棒の鼓動を余すことなく享受し、快楽に変えていく。

（精子出されて、たまらないッ）

「んぐううッ……んぐッ……うぐうッ」

くぐもったうめき声とともに、二人の美貌と双尻が放埒《ほうらつ》に揺れまくる。いったいどれほどの快感を得れば、こんな尻の弾け方をするのか、と目を疑うほどの痙攣だ。明菜と有希は、ほとんどそれが義務とばかりに、半ば失神しつつも白濁をゴクゴクと飲み干した。尻を震わせつつ、喉を脈動させる人妻の淫らさに、百戦錬磨の男たちも思わず嘆息する。

「こいつは、すげえ……」

キリキリとしなった裸身は、その直後、力が脱けて崩れ落ちそうになるも、まだまだ硬直を維持する肉棒に顔も尻も串刺しにされて倒れることもできない。

「チ×ポで標本されてやがる。とことんスケベだぜ」

「まったくうちの嫁のスケベさったらないな。うちの息子は、いったいどこでこんなあばずれを捕まえてきたんだか」

男たちは、かわるがわるに明菜と有希を貫きつづけた。下から衝き上げられたかと思えば、今度は仰向《あおむ》けにされて膝を肩にかけられたまま猛然と貫かれる。その間も口と両手で休む間もなく男根をしごかされる。

(ああッ……こんなにされてるのにッ……有希、またイくうッ)

有希と明菜が絶頂に達すれば、それと同時に口、膣、両手の中の肉棒も応じるように弾けた。一人が二回ずつ射精し終えたとき、仰向けに倒れた二人の人妻は死んだようにぐったりとし、はあはあと息を喘がせていた。身体中が精液まみれになり、顔はもちろん、乳房にも下腹にも、両脚までもがザーメンの層に覆われている。

「精液まみれになるのは、たまらないだろう、奥さん」

「全身子宮って感じだな」

「あッ……ああッ……」

はしたなく開いた太腿の中心では、異次元へとつづく入り口のように桃色の穴がポッカリと開いていた。男根形をとどめたままの肉壺は喘ぐように収縮し、奥からゴポッと白濁を溢れさせる。滴り落ちた精液を浴びた肛門までもが色めきだち、ヒクヒクと蠕動をはじめた。

「尻の穴までヒクついてやがる」

「ふふ、めった刺しにされた口とマ×コにアナルが嫉妬しているわけだな」

大崎と耕三の目が、欲望に光る。大崎が顎をしゃくると、男たちは大きなボストンバッグの中から、ガラス製の浣腸器を二本取り出した。怖ろしく長大な浣腸器を大崎と耕三が両手で抱えると、あたかもそれはマシンガンのようですらある。

「夜も更けてきたからな。そろそろ人妻浣腸ショーといこうか」

「ふふ、奥さんたちが出したものを肥料にして、農作物に撒いてやるからな」

半ば失神した有希と明菜の裸身に、男たちは手早く麻縄を走らせた。両手を後ろ手に固定されたあげく、開いたままの両脚をきつく固定される。平泳ぎをするような格好をした有希と明菜の裸身が、ゆっくりと宙に吊り上げられていく。

「ひいいッ……な、なにいいッ？」

「ああッ……いやッ……痛いいッ……ほどいてええッ」

向かい合った有希と明菜の裸身が、卑猥なシンメトリーを描く。肉感豊かなヒップがクンッと上向く様は、まるで金のシャチホコのようだ。

「名古屋城なんかより、よほどいい眺めだぜ」

「奥さんたちを飾っておけば、この村もあっという間に観光地だ」

ゲラゲラと笑いつつ、男たちはグリセリン原液がたっぷりと入ったポリタンクを用意した。シリンジの先端がオレンジ色の液体に突っ込まれると、ギーッとおぞましい音をたてる。みるみるうちにシリンジにグリセリン液が満たされていくのを人妻たちは、むしろきょとんとした目で眺めている。

「これから何をされるのか、まるでわかってないって顔だな」

「へへ、肛門もまだ余裕たっぷりだな。浣腸されるとも知らずによ」

浣腸、という言葉に明菜と有希ははッと目を合わせた。シリンジの先端から妖し液体をピュッと撒き散らされると、ようやく事態を理解した明菜と有希の美貌が恐怖で引きつる。

「ああッ……浣腸だなんてッ……狂ってるわッ」

「いやッ……いやですッ……この村、おかしいッ」

「そう怖がるなよ。最後には、神郷村に来てよかったと言わせてやる」

「むしろ永住したくなるかもな」

大崎と耕三がノズルの先端で肛門をなぞると、人妻たちの喉からひいいッと悲鳴が這い上がる。だが執拗に肛門のとば口をいじられるうち、すぼんでいた口がやにわに緩み、次第にその奥を覗かせていく。エアコンが効いた部屋の冷たい空気が、熱い粘膜を冷やす感触に、二人の恐怖がいっそう募る。

（か、浣腸なんて絶対に、いやあッ）

ノズルをかわそうと、人妻たちは必死に尻をよじらせた。だが、もがけばもがくほど麻縄が裸身を食い締め、明菜と有希の身体から凄まじい妖香が立ち昇る。

「すごい色気だぜ。これで浣腸してやったら、どうなっちまうんだろうな」

「さすがは人妻だ。そこらの女子学生とは格が違うぜ」

「ひいいいッ」

肛門をノズルにとらえられて、人妻たちは同時に泣き叫んだ。ドクッドクッと注がれるグリセリンのおぞましさに、その美貌がたちまち凍りつく。

「あぁッ……ひッ……ゆるしてッ……こんなの、いやあッ……あむうッ」

「うむッ……お尻なんてひどいッ……ぐむうッ」

獣の爪に取り押さえられた獲物のように、二つの尻がピタリと止まった。それでも足掻くようにブルッブルッと震える双尻の色気は、生半可ではない。

「まだ半分しか呑み込んでないぞ、奥さん」

「ふふ、ほれ、みんなコールしてやらないと、奥さんたちの気分がでないだろう」

大崎が顎をしゃくると、男たちは手拍子とともに、奥さんのちょっといい尻見てみたい、それ、一気、一気、と浣腸をもり立てる。かけ声の拍子に合わせて、容赦なくグリセリンを飲み込まされて、明菜と有希の裸身がギリギリと揉み絞られる。

「ひいいッ……も、もう、ゆるしてッ……お腹があッ」

「うむッ……それ以上は、いやッ……抜いてッ……抜いてえッ」

不気味な液体が、粘膜をこそぐように押し寄せていた。二人の奥歯がガチガチと打ち鳴らされ、目の焦点が合わなくなる。押し寄せる便意は次第に荒々しくなり、下腹がグルグルと泣き狂っていく。

「あああッ……ひいッ」

「あむッ……あひいいッ」

明菜と有希は、こらえきれずに号泣した。だが宿主の悲愴感など知ったことかとばかりに、下腹が勝手にうねる。自分の悲鳴が男たちを悦ばせるとわかっていても、二人は抗いようもなくひいッひいッと泣き、叫び、汗まみれになった裸身をよじらせる。

「ほんとうにスケベな尻だな。こんな尻は見たことがないぞ」

「ひり出す前の切ない尻を味見をしてみようじゃないか」

いったんノズルを抜いた肛門に、すかさず男たちがキスの嵐を浴びせた。パクパクと喘ぐ肛門を充分に舐め、その味わいを確かめると、またノズルを戻され、グリセリンを注がれる。それを二度、三度と繰り返されるうち、妖しい官能と猛烈な便意が尻の中で渦を巻き、頭がおかしくなってしまいそうだ。

「あひいッ……舐めちゃ、いやあッ……んああッ」

「出ちゃうッ……顔をどけてえッ……うむむッ」

愛撫された肛門が緩み、奥から茶色い汁を滲ませる。もはや決壊寸前の双尻は汗まみれになり、戦慄と恍惚の狭間でブルブルと震え出す。

「ほうら、お互いのいい姿をよく見てみろ。仲がいいんだろう」

「全裸でうんちを我慢するところを見せ合うなんて、滅多にない機会だぞ」

再びノズルを戻されグリセリンを注がれた明菜と有希の視線が交差した。尖った乳首の向こうで、互いの尻が妖しく痙攣していた。八の字に傾いた眉と忙しなく膨らむ小鼻、半開きになった唇から垂れる涎。見たこともないほどの下品さに満ちた互いの姿は、鏡映しのように自分の姿でもあるのだ。

(なんてはしたないいッ)

悪夢のような現実に有希は、泣き喚いた。だが嗚咽が下腹に響き、いっそう便意が増す。おうッ、んぐうッ、とうめき声をあげると、呼応するように肛門からブビッ、と破裂音が轟いた。

「美人でもおならの音ははしたないんだな」

「ひり出したいって、尻が泣き喚いているぞ」

(出ちゃうッ……ほんとうに、出ちゃうううッ)

一リットルを飲みきった人妻たちの尻は、今にも破裂せんばかりにヒクヒクと痙攣していた。ノズルを抜かれると、はしたない放屁《ほうひ》音とともに茶色い汁がトロリと溢れる。決壊のときが近いのは、誰の目にも明らかだ。

「いやあッ……出ちゃうッ……いやああッ」

「おトイレにッ……お願いいッ……こんなところでだなんて、いやああッ」

美貌の人妻たちは半狂乱の態《てい》で泣き叫んだ。だがニンマリと笑った大崎と耕三は、いつの間にか用意されていたディルドを、すかさず二人の肛門に捻り込みぴったりと蓋をしてしまう。

「ひり出すには、まだ早いぞ、奥さん方。うんちを我慢するとこっちの口が敏感になってうんと感じまくれるぞ。ほれ、わしが丹精込めて育てたナスを奥さんたちのスケベな口で味わってもらおうか」

大崎と耕三が手にしたナスは、品種改良を施してあるのか、異様なほどの巨大さだ。濃厚な紫色の先端で媚肉をなぞられて、二人の人妻はひいいッと白目を剝いた。猛烈な便意に影響を受けた女肉は異様なほど敏感になり、わずかに触れられるだけでも気も狂わんばかりの官能を宿主に送り込んでくる。

「うむッ……触れちゃ、いやあッ……ひいッ」

「そこは、だめえッ……おかしくなっちゃうッ……んああッ」

「ひり出したいのなら、自分からわしのナスをねだってみろ。オマ×コに挿れてくださいと、言うんだ」

（あぁッ……も、もうッ……）

耐えがたい便意に二人の目が白黒に点滅する。言わなければ、排泄を許してもえない極限の状況に、女たちは破廉恥な言葉を口にするしかない。

「んあぁッ……有希のオマ×コッ……お野菜でいじってくださいッ……」

「明菜のアソコも、おっきいナスで掻き回してッ……んはぁあッ……」

「ふふ、そんなに言うならわしのナスを味わわせてやるかな」

大崎と耕三は、人妻たちのただれた肉層をズブズブと抉った。ひいッ、と美貌を仰け反らせた明菜と有希の美貌がたちまちに蕩け、見るもあさましいアへ顔を晒す。

「どうやらイッたようだな。ひひ、感度のいいスケベな身体だ」

「ひり出す前に、うんとイかせやるからな」

「あぁあッ」

肛門からは便意が、膣からは快感が這い上がり、有希と明菜の頭を完膚なきまで灼き尽くした。まともに言葉を発することもできず、不明瞭な言葉をきれぎれに漏らしつつ、はぁはぁと息を喘がせる。身体中のいたるところが痙攣し、全身で便意と快感を味わわされる人妻たちの姿は、もはや下品どころか神聖ですらあった。

「らめえッ……しぬうッ……ゆぎッ……うんちがッ……ひぎぃッ……イグうッ」

「ひゃあんッ……おじりがしぬうッ……はひいッ……あぎなもしぬうッ」

「ふふ、いいだろう。思いきりひり出しな」

有希と明菜の引きつる太腿に木製の桶があてがわれた。

「これが奥さんたちのトイレだ。肥やしにするから、うんとひり出すんだぞ」

「ぞんなッ……ごんなどころでなんで、いやああッ」

「おドイレで、さぜでええッ」

ひどいいッ、と泣き叫ぶ間も人妻たちは極めつづけた。便意と絶頂が二人の身体を揉み絞る光景に、血も涙もない男たちもさすがに息を飲む。

「こりゃ、すげえ……」

極彩色の官能に染まった目は、もはや人のものとも思われない。獣のように悶え狂つては泣き叫ぶ人妻は、肉人形そのものだ。

「ほれえッ！　たっぷりうんちしろッ」

「ひいいいッ」

ディルドを抜かれるのと同時に、有希と明菜の肛門から土石流が噴出した。バシャバシャと飛沫く茶色い汚濁が、たちまちに桶を満たす。

「さすがは美人だ。ひり出す量も半端じゃないぞ」

「この尻の悦びようときたら、スケベすぎるな。うんちもできてアクメもできて、色めきだってやがる」

排泄と絶頂を味わう二つのヒップの艶めかしさは、言葉ではとても言い尽くせない。まるで尻そのものが快楽であるかのように、生々しくたわむ。惜しげもなく開かれた肛門の奥では真っ赤な腸壁がうねりにうねり、まだまだ汚濁を吐きつづけていた。

「はひぃッ……んあああッ」

「見事なひり出しっぷりだ。祭りののろしにふさわしいぞ」

明菜と有希の裸身は、湯だったように真っ赤に染まり、今にも湯気が立ち昇りそうだ。排泄と絶頂の余韻で下腹が波打ち、ナスを引き抜かれた膣と肛門が、互いに目配せするようにパクパクと喘ぐ。

「どっちの穴も男を誘っておるな」

「出すものを出したら、もう挿れられたいってわけか。まったくスケベな嫁だ」

汚濁で汚れた尻を拭われている間も、明菜と有希はヒクヒクと裸身を震わせて、ときおりひいッと泣き叫ぶ。全身が性感帯になり、わずかに触れられただけでも昇りつめてしまうのだ。

（身体中がッ……いいッ）

「さてと、まずはうちの嫁をたまらなくしてやるか。スケベでも嫁は嫁だからな」

「自分の息子の嫁を嬲るなど、耕三さんもあいかわらずの獣ぶりだ」

「ひいッ」

明菜の両脚が、今度は恥辱のV字を描いて緊縛された。有希ばかりか男たちにまで排泄を見られた。

（いっそ、死にたいッ）

だが宿主の絶望など気にもせず、前後から迫る大崎と耕三の肉棒に、明菜の二穴はもう気もそぞろだ。ふっくらと女肉を膨らませて、逞しいものを迎え入れようと準備は万全だ。

「ああッ……いやッ……いやあッ……もう、ゆるしてえッ」

「台詞と下半身が矛盾しとるぞ。ひひ、ま、それがむしろ、いい」

「さっきまで夢中で腰を振っていたくせに、何が許してだ。まあ、いい。質のいい肥料を提供した功績をきちんと記録しといてやる」

男たちは、三脚に固定した四台のカメラで、人妻たちを四方から囲んだ。

「ひいッ……こんなの撮らないでえッ」

「遠慮することはないぞ。三人仲良く一つになるところをしっかり撮ってやる」

前からは耕三が、背後から大崎が迫る。男たちの熱い男根に応じるように、明菜の二穴からも異様な熱波が放たれ、それが男たちを悦ばせる。

「挿れる前からアツアツの尻だ」

「チ×ポが火傷《やけど》しちまうかもな」

「ああッ……もう、ゆるしてッ……今、挿れられたらッ……明菜、狂っちゃうッ」

「狂っていいんだ、奥さん。祭りに先駆けて、盛り上がっていいんだぞ」

でっぷりと肥えた二つの腰が、明菜の引き締まった腰をグイグイとプレスした。長大な肉棒が、まるで手品のように明菜の下腹に吸い込まれていく。

「ひいいッ……こんなッ……うむッ……明菜、こわれちゃううッ」

ただれた媚肉をこそぐように一センチ、また一センチと肉棒が奥まで迫るたび、明菜の頭はフラッシュをたかれたように真っ白になっていく。有希に見られているとわかってはいても、身体の芯が引きつり、気を抜けば快感の甘声を漏らしてしまいそうになる。

「ああッ……有希、見ないでッ……見てはだめぇッ」

「先輩キャリアウーマンとしてのプライドってやつか」

「ふふ、むしろ先輩としてイキまくるところを見せてやればいい」

意地悪く笑った大崎と耕三は、亀頭と亀頭を明菜の下腹の内側で揉み合わせた。友人同士のようにガッチリと握手をする二つの亀頭が、薄い膜を揉み潰すと、明菜の喉から断末魔のような絶叫が這い上がる。

「おおおッ」

「品性のない声を出しよって。プライドもへったくれもないな」

「あひぃッ……んおおッ……ひぎぃッ」

肉棒の角度と打ち込みの速度を巧みに操りつつ、明菜を悶え狂わせる大崎と耕三の技巧は、賞賛に値するほどだ。二本の肉棒に操られるように、明菜の裸身がよじれ、信じられないほどの快感を身体中に巡らせられる。

（明菜、おかしくなるうッ）

「ひゃあんッ……ごんなッ……ひぃぃッ……あああッ」

二つ折りにされた明菜の裸身は、前から後ろから汗まみれの胸板をヌルンッヌルンッと密着させられる。憎らしい男の肌からさえ快感がほとばしった。背中と乳房を執拗に撫でられると、バチバチと淫靡な火花が散り、パッと官能の焔が広がるのだ。それに抗う術は、もはやない。

（こんなッ……こんなのが、気持ちいいッ）

「はひッ……んああッ……ああんッ」

「いい反応だのう。人妻はやはり違うな。身体中がスケベな味だ」

大崎にはうなじを、耕三には首筋を舐められて、明菜はひいひいと悶えた。おぞましい舌にも甘い泣き声を漏らしてしまうのも明菜には、どうしようもないのだ。今や汗まみれになった三つの裸体は、欲望の塊《かたまり》になったようにギュッと一つになっている。卑猥な淫臭と衝突音を惜しげもなく撒き散らし、その真ん中で、何度も明菜の美貌が仰け反る。

「ああッ……いいッ……あぎな、だまらないいッ」

ついに明菜は屈服した。頭ではどんなにいけないことだとわかっていても、熱く、太く、硬い男根に、身体がひれ伏してしまうのだ。尻の前後で揺れるグロテスクな陰嚢の感触さえ、たまらないのだ。あの中に、濃厚な雄の粘液が溜まっていると思うだけで、明菜の女肉はいっそうただれ、肉棒を搾るように食い締めてしまう。

「なんて尻だ。チ×ポが食いちぎられそうだぞ。ザーメンが欲しくて欲しくてたまらないという感じだ」

「マ×コの味も格別ですよ。襞がチ×ポに絡みついてきて、ギロみたいにしごきやがる」

明菜の痙攣を胸板で味わう大崎と耕三の昂りも最高潮を迎えていた。乳児が母親の乳房を求めるように、明菜の女肉は無心で男根を抱擁してくる。牝の本能が自分たちの肉棒で覚醒されていくのが、愉しくて仕方ないのだ。

「奥さんの尻に応えて、うんと出してやるぞッ」

「ほれッ！　前から後ろから注がれるんだッ」

「ひいいッ……イぐうッ……あぎな、うんとイぐううッ」

前から後ろから白濁を注がれて、明菜の裸身がブルブルと震えた。下腹の中が熱液で炎上し、轟々と焔が燃え盛る。長く尾を引く絶頂に、明菜の裸身が弓なりに反り返り、喉からは甲高くも下品なイキ声が、犬の遠吠えのように響き渡った。

「ひゃあんんッ……ほあああッ……あひいいいッ」

その間にもまだまだ注がれる精液のドロリとした感触に、明菜の粘膜はアクメの追撃を受ける。

「イぎっぱないしいいッ」

波のように次から次へとアクメが押し寄せた。のたうつように明菜の裸身が弾け、その痙攣を押さえ込むようにさらに肉棒が深く杭打ちされる。ミチミチと腰骨が軋む音すら、明菜には天使が吹くラッパの音色《ねいろ》のように聞こえた。天国へと旅立っていく人妻の顔は、この世のものとは思えないほど蕩け、快淫の天国へと誘われていく。

「はひぃッ……」

極上の快楽を味わわされた明菜の身体が、生命感なく脱力した。失神したのだ。死んだようにぐったりとしつつも肉棒をクイクイと食い締める二穴のほうが、むしろ本体のようだ。

「気を失ってるのに、チ×ポを揉み込んでくるぞ」

「なんてスケベな顔をした嫁だ。とても優秀な起業家とは思えないな」

ようやく肉棒を抜かれて括約筋が緩んだのか、明菜の女陰からブシャアッと黄金色の液体が飛沫いた。失禁したのだ。

「あひッ……んああッ……」

「うんちばかりじゃ物足りず、おしっこまで漏らしてるぞ。まさしく変態だな」

大崎と耕三は、まるで標的を始末した人斬りのように、白濁まみれの肉刀をタオルで拭い、満足そうな笑みを口元に浮かべた。

(ああ……明菜さん……なんて……なんて、いやらしいッ)

明菜の凄絶な犯されぶりを目の当たりにして、有希の恐怖が膨れ上がった。次は自分の番なのだ。そう考えただけで、有希の顔は蒼白となり、ガクガクと両脚を震わせる。

「ふふ、これから尻とマ×コを犯られるのが嬉しくて、武者震いしているわけだな」

「憧れの女が、イき狂うのを見られて嬉しいだろう」

「ああ……いやですッ……こんなの、いやあッ」

あんな惨めな姿を晒すなら、いっそ死んだほうがいい。あまりの恐怖にすすり泣く有希を、卑劣な村人たちがいっせいに囲んだ。

「ひいッ……いやッ……いやあッ……挿ってこないでえッ……あなたッ……助けてッ」

「人妻ってのは、最後にはやはり旦那にすがるんだな」

「違いますよ、村長。最後にすがるのは、チ×ポですよ」

大崎と耕三は、目と目を合わせてニタリと笑った。その直後、群がる村人たちの中心で有希が絶叫した。

「ひいいいッ」

巨大なものが有希の尻の窪みに潜り込み、もぐらのように肉層を掻き分けていた。

強引に伸ばされた肛門口は、寄った皺が惨めなほど伸ばされ、今にも裂けてしまいそうだ。

「んあぁッ……痛いッ……お尻、壊れちゃううッ」

排泄器官で男とつながるなど、有希にはとても現実のこととは思えなかった。無情に肉棒が突き進むたび、有希の美貌が歪み、ガチガチと奥歯を打ち鳴らす。

「うむッ……いやあッ……抜いてえッ……こんなッ……お尻なんて、いやああッ」

「尻がいやならどこならいいっていうんだ、有希さん」

「ああッ……お口でッ……有希のお口にうんと出していいですッ……だからお尻だけは、ゆるしてえッ」

下品な台詞を吐くことすら、有希はもういとわない。自分から口内射精を懇願する人妻の姿に、男たちの欲望がいっそう刺激されただけにすぎないのが皮肉だ。

「へへ、ならお言葉に甘えて、口を使わせてもらうかな。ふふ、上下の口をな」

縄が緩み、うつ伏せのまま下ろされた有希の頬が畳が擦れた。両手は腰の後ろで固定されたまま、有希の尻だけがクンッと上向き、さらに深く肛門と肉棒が結合する。

「ひいいッ……うむッ」

悲鳴をあげた有希の口に肉棒が捻り込まれ、さらには膣にまで肉棒をあてがわれた。

今にも、大砲を放たれそうなおぞましい予感に、有希は狂ってしまいそうだ。

(怖いッ……怖いいいッ)

真っ赤にただれた肉層を、巨大な男根が容赦なく抉った。三穴に肉棒をめり込まされて、有希の頭に稲妻が走る。灼熱が体内を暴れ回ると、さらなる灼熱を呼び、有希の身体は否応なしに快感の焔に灼きただれていく。

「三穴をチ×ポで満たされるなんて、奥さんみたいな変態には最高の味わいだぜ」

「三本のチ×ポをうんと味わいな」

（熱いッ……有希の身体、熱いいいッ）

「ひぎいッ」

男たちの腰が、猛然と跳ねる。三本の巨肉に穴という穴をめった刺しにされて、有希はもう何も考えることができない。身体中からパンッ、ヌルンッ、と衝突音と粘膜音が交互に漏れ響いてくる。村人たちの玩具にされる屈辱も、ゾクゾクとした官能に掻き消されていく。

（いやらしいッ……有希、いやらしいいッ）

粘膜が煮え立っていた。巨大な亀頭で抉られる三つの媚肉がグツグツと沸騰し、極上の快感を味わわされていく。あんなにいやだった肛門からすら、身震いするほどの悦びが押し寄せ、抗う術もなく有希は呑み込まれていくしかない。

（あ、あなた……ゆるして……）

残された一抹の理性で夫に詫びたのが最後、有希は完全なる穴人形と成り果てた。自ら美貌と尻を揺すって、むしろ壊れろとばかりに肉棒で穴を抉らせる。

「んぐッ！　んんむッ！」

「ふふ、こんなスケベな奥さんの身体を、もっと近くで旦那に見せてやるか」

畳に寝ていた有希の夫の頭を、村人たちは有希の股間の下に潜り込ませた。夫の鼻先からわずか十数センチの距離で、有希の膣と肛門が抉りに抉られる。肉棒が後退するたびに溢れ出る蜜液が夫の顔に飛び散り、ドロドロに汚す。

「夫が側にいるもんで、張りきってやがるな」

「まさに砂かぶり席だ。十万出しても買う奴がいるだろうぜ」

男たちのからかいも、有希にはもう聞こえていない。夫の顔がすぐそこにあるにもかかわらず、無我夢中で裸身を揺すって三本の肉棒と深くつながろうとする姿は、惨美ですらあった。

（身体中にオチ×ポオオオッ）

穴という穴を男の海綿体で塞がれることが、これほどの悦びを生むとは。空前絶後の快感に人妻の美貌はあさましく蕩け、緩みきる。目いっぱいに開かれた唇と三日月状になった目の卑猥さは、もはや母でもなく女でもなく、ただの淫らな牝だった。

「見ろよ、このスケべな顔をよ。こんなド変態な嫁をもらった亭主が憐れだぜ」

「三穴セックス記念に集合写真を撮ってやるよ」

肛門を犯されたままの有希の周囲に群がった村人たちは、耕三が持ったスマホに向けてピースサインを送った。空いた片手で震える有希の尻や豊乳を撫で回しつつ、有希の両手の拘束を解く。

「ほれ、奥さんもピースしろよ。アナルを犯されて嬉しいッ、て感じでな」

「うむッ……」

言われるがまま有希は、両手でVサインを作った。膣と肛門に打ち込まれつつ、口いっぱいに肉棒をほうばる人妻の顔は、とても一児の母とは思えない。突き出した二本の指が迫る快楽に震え、白目を剝いた恥辱の顔のまま写真を撮られた。

「いい顔だぜ、奥さん。いかにも変態って感じだ」

「思いきり打ち込んでやるから、もっといい顔をしろよ」

男たちは獣のように腰を振りたくった。三穴からゾクゾクとした快感が押し寄せる。粘膜という粘膜がふっくらと膨張し、逞しいものをギュンギュンと食い締める。堕ちた牝の身体は、どうしようもなく雄の子種を求めてしまうのだ。

（ああッ……有希、いっぱい出されたいッ）

汗まみれの四つの裸体が、捻れるように絡み、一つの卑猥なオブジェのようですらある。男たちの荒い息遣いと鼻に抜ける有希のうめき声が一塊となって膨らみ、今にも弾けてしまいそうだ。

「うんと出してやるぞ、奥さん」

「ザーメンまみれになって極楽へ、イケやッ」

三本の肉棒が弾け、ドクドクと有希の内側で精液を放った。んぐうッ、とはしたないうめき声を漏らして有希は絶頂した。精液の熱で身体が発火してしまいそうなほど熱い。だが、それがたまらない。白濁まみれにされることだけが、牝の悦びだった。

(し、あ、わ、せッ)

射精される多幸感で有希の粘膜は何度でもうねる。肉棒を搾り、一匹でも多くの精子を取り込もうと足掻く。そのたびに、有希の身体中に快感が走り抜け、追い打ちをかけるようにアクメの波が押し寄せる。

「んぐうッ……うむッ……ぷわあッ」

「何回もイッてやがるぜ、この奥さんはよ」

「ほんとうにチ×ポが大好きなんだな」

「まだ失神するなよ、奥さん。こっちは十人もいるからのう。死ぬほどイッてもらうからのう」

再び明菜の身体に男たちが群がった。かわるがわるに人妻たちの穴という穴を巨肉が貫いては精液を注ぎ、注いでは猛然と腰を振る。まるで快感の永久機関となったような凄絶な交合《こうごう》に、人妻たちは空が白むまで絶頂を味わわされつづけた。

第五章　恥辱と快楽の強制連続中出し

村の中の景色が、次第に変化しつつあった。週末に行われる神郷祭に向けて、提灯《ちょうちん》や灯籠《とうろう》がそこかしこに準備され、村人たちの家には、しめ縄が掲《かか》げられた。明菜は事務所と工場を車で往復しつつ、その光景を眺めていた。本来であれば郷愁を誘うその景色も、村の男たちの非道さを知ってしまったら、それも下卑た景色にしか見えない。

（有希さんまで、あんな目に……）

カビ臭い公民館で、明菜と有希は夜が明けるまで犯されつづけた。畳の上で仰向けになった明菜と有希は、大の字になって身体を投げ出していた。口、膣、肛門からは白濁が垂れ、畳にはいくつもの卑猥なシミが点在していた。顎にも股間にも尻にも黄色く濁った精液が何層にも重なり、どれほど二人が犯され尽くしたのかが、それを見ただけでわかる。

「ふふ、いったい、何度イッたんだ、奥さん」

「二人合わせて二十回くらいイッただろうな。ふふ、アクメ祭りだ。神郷祭の前夜祭としては、上々だな」

ひいッひいッ、と火の息を漏らした明菜と有希の下腹が、極めた余韻でブルブルと震えていた。なかば失神しつつも、オチ×ポッ、もっとほしいッ、と夢の中でまで男根をねだる。男たちに無理やり起こされ、シャワー室で身体を拭われなかったら、いつまでも卑猥なうわごとを漏らしつづけていただろう。

「しっかりとザーメンを流さないと、旦那に疑われるぞ」

「今夜は旦那とセックスするんじゃないぞ。さすがにばれちまうからな」

存分に射精した男たちは、鈍い痛みすら残る男根をさすりながら、公民館を出ていった。ようやく我に返った明菜と有希は、全裸のまま手を取り合って号泣した。

(こんなところにずっといたら、ほんとうに狂わされちゃう……)

工場を移転し、どこか別の土地へと旅立つしかない。でなければ、いいように身体を弄ばれ、地獄のような快感を味わわされつづけるしかない。今すぐに準備をはじめなければ……。明菜は事務所に行き、夜逃げでもするように荷物の整理をはじめた。迷っている時間はないのだ。忙しなく書類をまとめていると、いきなりドアが開いた。

「やあ、明菜さん。そんなに血相を変えてどうしたんだよ」

「ゆ、悠人くん……」

「ここから逃げ出そうって気なわけか。ふふ、さすがは村長だ。さりげなく見張れと言われたわけは、こういうことだったたんだな」

ふてぶてしい笑みを浮かべつつ、悠人がにじり寄ってきた。

「近寄らないでッ」

「明菜さん。この村に来ちまった以上、もう観念しなよ。どこにいても明菜さんは、村の男たちの欲望の餌食《えじき》になるしかないんだ」

悠人の背後から二人の若い男が部屋に入ってきた。一人は金髪、もう一人は長髪でかなり若い。悠人と同じくらいの年齢だろう。二人とも凶悪な目つきをしている。この村の男と同じ、女を欲望の対象としか見ていない残酷な眼差《まなざ》しだ。

「なるほど。こりゃ、いい女だ」

「奥さん。この村は最高だろう。男たちのほとんどが、鬼畜ときてるんだからな」

「健一おじさんは、この村の男たちの間じゃ、落伍者《らくごしゃ》扱いだ。だから早くに村から出ていくようにはかられたんだぜ。ま、明菜さんみたいな美人をいまだに孕ませられないなんて、男としちゃ終わってるもんな」

そういえば、中学を卒業した夫は、県外の全寮制高校に入学していた。卒業と同時に東京の大学に入学した夫は、結婚の報告をしに帰郷して以来、神郷村に帰ったことがない。その自覚はないが、温厚な夫は、この村から事実上追放されたのだ。

（そんな村に、みすみす引っ越してきてしまったなんてッ）

まさに飛んで火に入る夏の虫だった。だが後悔しても、もう遅い。悠人たちは、明菜に飛びかかり、タオルで猿轡《さるぐつわ》をした。

「や、やめッ……ぐむうッ」

両手を縛られ、担《かつ》がれた明菜は外に待機していた黒いボックスカーに無理やり押し込まれた。そこに、有希がいた。

（ゆ、有希ッ）

後部座席を取り除かれ、敷かれた布団の上で、M字開脚した有希が泣きじゃくっていた。ギャグボールを噛まされ、両腕を頭の上で縛られた有希の肛門から巨大なディルドが飛び出していた。しかもディルドはウィンウィンと稼働音を鳴らしながら、猛烈に回転している。その上でパックリと開いた割れ目は、明らかに男根の形をとどめていた。真っ赤にただれた肉層からは、放ちたての精液がドロリと溢れ、水飴のように布団の上に滴っている。

「大学の先輩が、色っぽい人妻と遊びたいって言うんでね。悪いけど、有希さんを紹介させてもらったってわけだ」

「へへ、この奥さんも上玉だが、こっちの奥さんもたまらねえな。悠人にしちゃ、いい女に目をつけたもんだ」

「そうでしょ。尻まで調教されてますから、思いきりはめてやってください」

運転席に座った悠人が車を発進させた。窓はスモークガラスに加工されていて、外からは中の様子がまったく見えない。いや、見えたとしても、村人たちが果たして助けてくれるのか。明菜の疑問を見透かしたのか、金髪がせせら笑いつつ説明した。

「村人全員が鬼畜ってわけじゃないから、スモークガラスにしてるんだ。中には善良な男もいるが、そういう奴は、奥さんの旦那みたいにとっとと村を出ていってもらうんだ。つまらねえ正義感を振りかざされたら、たまったもんじゃないからな。女たちにいたっては、俺たちの本性を知らないときてる。俺たちが犯すのも、村人以外の女っていうしきたりがあるんだ」

「耕三おじさんの嫁は、いい人だったろう。おじさんは、裏じゃ村の外の女を犯しまくってたっていうのによ。ちなみに俺の血筋も落伍者だが、おじさんに見込まれて村に戻ってきたってわけだ」

（な、なんてこと……）

この村の闇をついに知った明菜は、絶望で目の前が真っ暗になる。だが、金髪と長髪は、明菜を挟んで座り、さっそく服の上から豊乳をまさぐってきた。

「ひいッ……触らないでッ」

「気取るんじゃねえよ、奥さん。聞けば、散々《さんざん》に義理の父親に尻を許したっていうじゃねえか」

「義父と尻でつながる嫁なんて、変態にもほどがあるぞ」

男たちは舌舐めずりしつつ、明菜のシャツとスカートを剥き上げた。ブラジャーとパンティの内側から、今にも零れ落ちそうなほどのバストとヒップに男たちの目が釘づけになる。

「色っぽい身体してるじゃねえか」

「どっちの奥さんの身体も、甲乙つけがたいぜ」

ヒヒ、と下卑た笑みを浮かべた男たちは、余裕たっぷりに全裸になった。いきり勃つ男根は、幼さの残る顔立ちとは裏腹に、怖ろしいほど成熟していた。耕三たちの年季の入った肉棒とは異なり、まるで若魚のようにビチビチと跳ねているのが、むしろ不気味だ。見境《みさかい》なく女を貪ろうと、はしゃいでいるようなのだ。

「こんなでかパイとでか尻じゃあ、下着なんてしてたら窮屈だろう」

「今、楽にしてやるからな」

「ひいッ」

跪《ひざまず》かされた明菜の背中を熱い感覚が襲った。ホックの内側に肉棒が差し込まれたのだ。さらにパンティのクロッチにもクロスを描くように肉棒が捻り込まれた。

「へへ、チ×ポでひん剝いてやるよ」

「スケべな人妻冥利《みょうり》に尽きるだろ」

「いやああッ」

肉棒の暴挙を防ごうと、背中と股間に明菜は手を伸ばした。男根を摑み、振りほどこうとするも、かえってその行為が男たちを悦ばせる。

「おお……これが奥さんの手の感触か」

「ふふ、いかにも摑み慣れているって感じだ。いやらしくていいぞ」

明菜の手の中で、男根が一まわり膨張した。ほとんど鉄かと思うほど硬くなった肉棒は、明菜の手ごと下着を引き千切《ちぎ》った。

「ひどいいッ」

「生で見ると、ますますすげえでかパイだぜッ」

「マ×コもすごいぜ。触れてもないのに、もうヒクついてやがる」

無様に裂けたブラジャーと下着が、男たちの肉棒にぶら下がっていた。金髪と長髪はニンマリとして、脱ぎたてホヤホヤの下着で男根をしごく。今まで着用していた下着が、おぞましい男根をしごくなど、見ているだけで明菜の全身に鳥肌が立つ。

(こんなの、ひどすぎるうッ)

「奥さんの体温がチ×ポに伝わってくるぜ」

「排卵日ともなると体温が高いんだな。へへ、奥さん。俺と遠藤《えんどう》。どっちの子供を妊娠したいんだ」

「俺に似れば悪党間違いなしだ。田中《たなか》に似ても、やっぱり悪党だな。なにせ俺たちは、生粋《きっすい》の神郷村民だからよ」

妊娠、という言葉に明菜の背筋に怖気が走った。排卵日まで知られている。この野獣たちは、自分の子宮に何度も子種を浴びせて、なにがなんでも妊娠させようという魂胆なのだ。

「いやッ……いやですッ……おうちに、帰してぇッ」

「馬鹿言うんじゃねえよ。こんなスケベな孕ませボディ、家に帰ったってウズウズして眠れるどころじゃねえだろ」

「家に帰ったところで、義理の親父にそのスケベな身体を貪られるんだぜ。なら、今、俺たちが貪り尽くしてやるからよ」

（ああ……なんて村なの……性根《しょうね》が腐った男の集落だわ……）

希望を抱いてやってきた村が、まさか地獄の土地だったとは。そして、そんな村に、有希までも連れてきてしまった。悔やんでも悔やみきれるものではない。

「ううッ……けだものッ……あなたたち、みんな、けだものよッ」

「へへ、拉致《らち》した女はみんな、そう言うぜ」

「最後には、自分が獣になるっていうのにな」

明菜の両脇に陣取った遠藤と田中は、明菜の身体を執拗にいじった。乳房を揉まれ肉層をなぞられると、花開かされた人妻の身体は、いやでも反応してしまう。血が沸き立ち、桃色に染まった全身の肌は、とても男を拒絶しているとは思えない。

（どうしてえッ？）

「ほれ、都会の女のオマ×コをもっとよく見せてみな」

「あぁッ……いやあッ」

遠藤と田中に左右の太腿を割り拡げられた。パックリと開いた割れ目を、二人は食い入るように見つめている。その熱い視線にすら女陰が反応して、生き物のように蠢くのを明菜はどうすることもできない。

「さすがは優秀なキャリアウーマンだ。マ×コも上品だぜ」

「ヒヒヒ、これからうんと下品にしてやるからな。マ×コもさぞかし仕事熱心なんだろうからな。男のものを何度でも食い締めてくれるんだろうよ」

「まあ、まずはこのおっぱいで愉しませてもらうか。こっちの奥さんにも参加してもらうぜ」

田中は、有希の猿轡と両腕の拘束を外した。有希はもう抗う気力もなく、ただすすり泣くばかりだ。

「もう、ゆるしてッ……」

「馬鹿言うな。奥さんたちのおっぱいでチ×ポをしごくんだよ」

「パイずりってやつだぜ。こんなでかパイは、チ×ポをしごくためにあるんだからな」

田中と遠藤は布団に座り、だらしなく両脚を投げ出した。股間から生えた巨肉がビチビチと下腹を打ち、人妻たちをはやし立てる。

「ほれ、早くしろよ。時間がないんだ」

「先に俺たちをイカせたほうを、解放してやるぞ。パイずり競争だ」

「そりゃ、面白い。そのかわり、負けたほうは日付が変わるまで犯って犯って犯りまくってやる。水分補給も俺たちの小便だ」

悪夢の提案に、明菜と有希は震え上がった。どちらからともなく男たちの股間に覆い被さり、その豊乳で肉棒を包み込む。左右からギュッと乳房を圧迫すると、まるで焼き印を押されたように乳肌が灼けた。その熱に、二人の蕾が、たちまちに尖る。

「挟んだだけで、乳首をおっ勃ててやがる」

「都会の女ってのは、みんなこんなにスケベなのか。それとも奥さんたちが、特別スケベなのか」

男たちにからかわれても、明菜と有希は必死で上半身を揺すった。ハッハッと熱い息を吐きながら、人妻たちの量感たっぷりの乳肉が上下する。男たちの巨大なものは、乳房の筒を突き抜けて、明菜と有希の喉元に突きつけられる。そのたびに、眉をしかめるほどの雄臭がプンッと漂い、人妻たちの嗅覚を刺激した。今ではもう、その獣臭だけで女肉がざわめき、いっそう硬く乳首が尖るのを二人にはとどめようがない。

(こんなッ……どうしてッ……おっぱいなのにいッ)

直接の性感帯ではないのに、女の膨らみを汚される背徳感で明菜の乳房からジンジンとした痺れが押し寄せる。有希も同じような感覚を味わっているのか、その目はうつろになり、桃色の乳首がはち切れんばかりに膨らんでいた。

「おお……イきそうだぜ」

遠藤が訴えると、田中の男根をしごいていた明菜は狼狽した。先に出されてしまえば、待っているのは地獄の輪姦劇だ。

(それだけは、いやあッ)

明菜は狂ったように上半身を揺すった。それを見た有希も焦《あせ》ったのか、対抗するように乳房を押し寄せ、男根をしごき上げる。その様《さま》は、ほとんどパイずり合戦という有様《ありさま》だ。

「んああッ……出してえッ」

「お願いだから、イッてえッ」

号泣しながら乳房を揺する人妻たちの惨めさが、二人の男の欲望をいっそう掻き立てる。無様に潰れた乳房が淫らに肉棒に絡みつき、射精を促そうと息巻く光景がたまらないのだ。

「世にもスケベな争いだな」

「パイずりが原因で二人の仲にひびが入るなんて、世の中、世知辛《せちがら》いもんだな」

溢れる涙が乳房に零れ落ち、それが潤滑剤となってヌチャヤッヌチャヤッと音を立てる。

ふいに乳房の中の肉棒に痙攣が走った。喉元に突きつけられた亀頭から、白く濁った砲弾がドピュッドピュッと放たれる。明菜と有希の顎をかすめた精液は、二人の美貌を容赦なく汚した。

「んはああッ」

「はひいいッ」

「こりゃ、同時だな」

「てことは二人とも負けだ。ひひ、遠慮なく孕ませてもらうぜ」

(そんなあッ)

田中と遠藤は、顔じゅうに撒き散らされた白濁を舌ですくい取ると、人妻たちの肉層に塗り込みはじめた。しかも男たちは、精液を放った相手だけではなく、二人の人妻の膣を交互に嬲り責めした。

「これじゃ、妊娠してもどっちのガキかわからねえな」

「生まれてくるまでのお愉しみってことだろ」

「ひいいッ……こんなの、ひどいいッ」

両脚をばたつかせるも、男たちの腕力は凄まじく、摑まれた腰をよじることもできない。凶悪な顔が吸盤のように明菜と有希の股間に貼りつき、媚肉と精液を執拗かつ丹念にまぶされる。

「いっそ、殺してッ」

「もう死にたいッ」

「へへへ、ある意味、殺してやるよ」

あぐらをかいた田中と遠藤は泣きじゃくる人妻を背後から抱えた。長い両脚を無理やり開かされると、茂みを掻き分けて突き出す肉棒がお互いに丸見えになる。

「こうすりゃ、お互いのスケべなマ×コがよく見えるだろう」

「犯られる姿を見せ合うなんて、究極の仲だぜ」

ズンッと男立ちの肉棒が、人妻の肉層を衝き上げた。ひいいッと、人妻たちの美貌が仰け反る。いともたやすく子宮まで到達されて、ゾクゾクとした快感が身体の芯をただれさせる。男たちは、さらに股間を密着させて人妻の肉芽同士を烈しく揉み潰した。

「ひゃあぁんッ……あああッ……」

「はひいッ……うむッ……んはあッ……」

明菜と有希は、声をそろえて絶叫した。ふやけた四枚の肉襞が卑猥に絡み合うほど密着した結合部は、もはや官能のカオス状態だ。ぷっくりと実った淫の実をヌルンッ

ヌルンッと擦れ合わされると、二人の陰毛までが絡みつき、ブチッと引き千切れる音が漏れる。だが、その悲惨な効果音すらも、明菜と有希には快感の音色に聞こえてしまうのだ。

「まさに裸のつき合いってやつだぜ」

「陰毛触れ合う仲ってやつだな。スケベ妻にはお似合いの関係だ」

猛烈に肉棒で衝き上げらると、二つの結合部からは大量の蜜液が飛沫く。互いの股間を濡らし尽くす汁が潤滑剤となって、いっそう抽送は滑らかかつスピーディになり、人妻たちは、いよいよ肉欲の坩堝《るつぼ》に堕とされていく。

「はひいッ……ひゃあんッ……イくうッ……明菜、イッちゃうッ」

「んああッ……有希もイきますッ……あひいいッ……イくうッ」

ギリギリと裸身を揉み絞って、二人は絶頂を極めた。それと同時に、男たちは、けたたましく欲望を放つ。二つの結合部がさらに結合したようにぴったりと密着すると、互いの膣の痙攣も肉棒の痙攣も陰嚢が収縮する蠢きさえも、全員の局部が感知して、あたかもそれはセックスの共有状態と成り果てる。

「ああッ……ず、ずごいいッ」

「みんなで、イッでるううッ」

「へへへ、田中、ずいぶん出してるのがチ×ポの震えでわかるぞ」

「そういうお前こそ、金玉がブルブル震えてるぜ」

互いの犯しっぷりが、田中と遠藤の欲望をますます駆り立てた。射精を終えてもいないのに、抜かずの打ち込みをまだまだ二人はつづけた。アクメの波も収まらないなか、人妻たちはさらなる追撃を受けて、立てつづけに極めさせられる。

「まだイッてるのにいッ」

「ひいッ……有希、狂っちゃうッ」

前のめりに崩れた明菜と有希は、互いに抱き合い上半身を支えた。汗まみれの豊乳を揉み潰し合いつつ、人妻の裸身がブルブルと痙攣する。お互いの毛穴から噴き出す牝臭の濃厚さに、いっそう頭がクラクラとし、次第に人妻たちは何も考えられなくなっていく。はあッはあッと互いの色息を嗅ぎながら、人妻たちは、イくッとまたしても昇りつめた。

「またいっしょにイきやがった。ほんとうに仲がいいんだな」

「だったら、心も身体も一つにならなくちゃな」

ニヤリと不気味な笑みを浮かべた獣たちは、バッグの中から双頭のディルドを取り出した。ぐったりとした明菜を仰向けに寝かせると、両脚を押し込み、その上から覆い被さるように有希の身体を重ねた。白濁まみれの割れ目が、上下に二つ並んだあげく、息を合わせてヒクついている。

「ダブルマ×コの迫力はすげえな」

「こいつで一つにつながらせてやるよ」

U字に曲げたディルドの先端が、明菜と有希を容赦なく貫く。ひいッと絶叫した人妻たちの尻は、完全合体を果たしてブルブルと痙攣した。鏡餅のように二段になった双尻が、汗に妖しく濡れ光る。男たちが尻肉を搾るように揉みしだくと、汗の玉が飛び散り、車内に異様な酸鼻臭が立ち込める。

「スケベな尻が二つ合わさると、スケベさも二倍、いや、数倍になるな」

「もっとスケベにしてやるぜ」

田中が遠隔操作でスイッチをオンにすると、いきなりディルドが振動した。真っ赤な肉層を猛然と掻き回されて痙攣する尻と尻がパンッパンッとカスタネットのように猥雑な音を打ち鳴らす。

「おああッ」

「うぐッ……うむうッ」

うめくような声とともに、二人の股間から黄金色の液体がバシャバシャと噴き出す。

失禁したのだ。

「連れションとは、まさにマブダチってやつだぜ」

「二人を見習って、俺たちも連れアナルセックスといくか」

ヒヒヒ、と下卑た笑みを浮かべた田中と遠藤の腰が、人妻の腰に覆い被さった。田中は明菜、遠藤は有希の肛門に肉棒をあてがい、嘲笑うように肛門のぐるりをなぞる。

人妻の窪みは、逞しいものにうっとりとしたように蕩け、収縮を繰り返した。

「尻が張りきってやがるぜ。四人で合体するのが嬉しくて仕方ないんだな」

「四人仲良くイこうや」

「ひいいいッ」

ズブズブと肛門を抉られて、明菜と有希は悶絶した。若雄の巨肉が、わずかな隙間もなく人妻の尻を串刺しにしていた。ギチギチとせめぎ合い、密集した四つの尻は完全に連結し、卑猥な集合体と成り果てる。

「すげえ、尻だぜ、明菜。ひひ、キツキツなのに、中はトロトロだぜ」

「有希の尻もたまらねえぞ。火傷しそうなくらいアツアツだ」

はるか歳下、しかも獣のような男たちに気安く名前で呼ばれるなど屈辱でしかない。

だが成長しきった男根で滅茶苦茶に肛門を掻き回されると、明菜は幼児のように美貌を振り乱し、恥も外聞もなく嬌声を漏らす。

「ひゃあんッ……はひぃッ……んあああッ」

「いい声出しやがるぜ。そんなに俺のチ×ポがたまらないのか」

肛門に打ち込まれるたびに飛び跳ねる明菜の股間には、深々とディルドが突き刺さる。有希を通じて、遠藤にまで犯されているような恥辱の感覚に、明菜は身も心も蕩け、渦巻く官能に翻弄されていく。

（ああッ……こんなのがッ……たまらないッ）

密着し合う裸体がドロドロに蕩け、快楽を貪るだけの一匹の生命体になってしまったかのような凄絶な交合に、明菜は狂ったように悶え、叫び、尻を振る。

「あひぃッ……すごいぃッ……みんなが、一つううッ」

有希も同じ感覚を味わっているのか、うわごとのようにオチ×ポ、いっぱいッ、どこもかしこもセックスまみれッ、とはしたない台詞を漏らしつづける。

「ひひひ、四人全員でイくぞッ」

「ひぃいいッ」

四人の獣が、いっせいに咆哮《ほうこう》をあげた。人妻たちは肛門で精液を受け止めつつ、女陰からはジュパアッと蜜液を飛沫く。全身が性感帯になった二人は、脈動する肉棒に何度も極めさせられた。汁まみれ、精液まみれになった二人の尻からは、顔をしかめるほどの淫臭がムンムンと漂う。

「こりゃ、すげえ、臭いだ。窓を開けるか」

「見られちまってもいいよな。ふふ、むしろ見られたいのかもしれないぜ。この変態妻たちはよ」

窓が開け放たれても、明菜と有希は気にする様子もない。絶頂の名残に下腹がさざ波のようにうねり、精液でゴワゴワに固まった陰毛は、風になびくこともない。声が漏れるのも気にせず、人妻たちは、あへッ、いひッ、と妖しい色声を漏らしつづけた。

サイドブレーキを引いた悠人は、バックミラー越しに後部座席を見て思わず生唾を飲み込んだ。仰向けになった明菜と有希は、まだまだ犯されつづけていた。筋が浮いた男たちの尻が、人妻の股間に向かって力の限り叩きつけられる。そのたびに、明菜と有希の両脚が跳ね上がり、停止した車がガタガタと揺れる。ピンッと伸びた爪先にまで快感が行き届いているのが、悠人にははっきりとわかる。

(くそッ……早く俺も犯りたいぜ)

「先輩、到着しましたよ」

「おッ、もう着いたのか。くそッ、まだ犯り足りねえぜ」

「仕方ねえよ。須賀《すが》さんに、逆らうわけにはいかねえからな。ついつい犯っちまたが、大丈夫かな」

「このくらいなら、まあ、許してくれるだろ」

ぼろきれのようになった明菜の下着で粘液まみれの肉棒を拭うと、田中と遠藤は服を着た。そこは悠人たちが通う大学のキャンパスだった。神郷村からおよそ車で一時間ほどの距離があるはずだった。キャンパス内には、まだまだ学生が大勢いて、次の講義に向かうためなのか、急ぎ足で若い男女が行き来している。

「ほれ、車から出ろ」

悠人は死んだようにぐったりとした明菜と有希は立たせて、サマーコートを羽織《はお》らせた。だが身体中に染みついた精臭と毛穴から噴き出す牝臭は、とてもコートでは隠しようがない。

(なんてスケベな臭いだ。たまらねえな)

人妻たちに襲いかかりたい衝動をなんとか抑えて、悠人は先導して構内を歩いた。田中と遠藤は明菜たちをここまで連れてくることが仕事なのか、煙草を吸って名残惜しそうに人妻たちを眺めている。追撃してこないのは、よほど須賀と呼ばれた人物を怖れているからだろう。

「ああ……お願い……ゆるして……」

「もう、おうちに帰して……」

弱々しい声で、明菜と有希は訴えた。車で移動していた一時間近くずっと犯されつづけていたのだから、それも当然だろう。両脚は子鹿のように震え、歩くこともままならないのだ。

「散々イきまくって、今さら何を言ってやがる。いいから来るんだよ」

「ああ……」

逃げようにも、この姿ではどこにも行けない。服はすべて車の中だ。観念した二人は、悠人のあとにつづいた。学校内に入るかと思ったが、連れていかれたのはキャンパスの外れにあるプレハブ小屋だった。人通りがまったくない。いくつかある窓は、曇りガラスになっていて中の様子もうかがえない。引き戸に薬剤研究会と書かれたプラカードがかけられているが、とてもそんな知的な活動をしているようには思えなかった。

「須賀さん。戻りました」

「ほう、やっぱり都会の女は違うな。垢抜けてるぜ。このあたりにいる女とは物が違う。ひひ、下半身も当然、段違いにスケベなんだろうな」

中に入ると部屋の中央にソファがあり、須賀と呼ばれた若い男が座っていた。明菜と有希を舐め回すように凝視する眼差しは、まるで蛇のようだ。その目つきだけで、明菜と有希の背筋に冷たい汗が流れ落ちる。

「ふふ、頬に赤みが差しているな。その様子だとだいぶ田中と遠藤に嬲られたんだろう。まあ、あいつらがこんないい女に手をつけないわけないもんな。聞けば都内から来た優秀なご婦人だそうじゃないか。あらためて、歓迎しよう。神郷村へようこそ」

煙草に火をつけ、悠然と煙を吐く須賀の目は、村人たちと同じ、女を欲望の対象としてしか見ていない冷酷さに満ちていた。明菜と有希は、もう耐えきれずガタガタと両脚を震わせる。

「そう怖がるなよ。この村の名前、神郷村ってのはな。ほんとうは、もともと交合村と書くんだよ。年がら年中、女を嬲ることしか考えていないような男が生まれる強欲の村だ。俺も、神郷村の出身さ。こいつらもな」

須賀が声をかけると、隣の部屋からぞろぞろと若い男たちが出てきた。全員が、須賀と同じ不吉な眼差しをし、明菜と有希を見るなり、舌舐めずりをしはじめた。

（ああ……なんて……なんてひどい村に来てしまったの……）

「この村に来たことを後悔するんだな。もっとも、最後には、この村から出ていきたくないと思うようになるがな」

須賀が顎をしゃくると、若い男たちがいっせいに明菜と有希に襲いかかった。

「もう、いやああッ……あなたッ……あなたッ……あなたあッ」

「たすけてッ……あなたッ……たすけてえッ」

「あなた、か。やっぱり人妻だな」

夫の名を呼ぶことが男の情欲を掻き立てることがわかっていても、そうせずにはいられなかった。それほどに男たちの顔は凶悪さに満ちていた。たちまちにコートを脱がされ、麻縄で裸身を縛られた。麗しい肌のそこかしこには、田中と遠藤の唇の痕が、赤黒く腫れ、残っている。

「派手にやられたもんだな、奥さんたち。まあ、俺に言わせりゃ、田中と遠藤なんぞ、まだまだ甘い」

「ひいいいッ」

天井を走る鉄筋に吊るされた二人の両手と両腕が頭の後ろで固定されると、その裸身は見事なU字を描く。その姿はあたかも便座のようだ。

「へへ、二人には肉便器になってもらうぞ。俺たちは、この日のために一週間も溜め込んできたんだからな。おい、悠人。スマホで撮影しとけ。ふふ、あとでお前にもたっぷり愉しませてやるからよ」

「ひいッ……いやですッ……こんなの、ひどいぃッ」

「そう、怖がるなよ。すぐにたまらなくしてやるからよ」

せせら笑った須賀の手に、注射器が握られていた。太腿に針を突き刺された明菜と有希の身体が、途端にかあッと火照り、ジンジンと痺れ出す。

「ヒヒ、セックスがしたくてしたくてどうしようもなくなる薬だぞ。合法非合法の成分を混ぜて作った俺の傑作だ。村じゃ、この手の媚薬を作る奴は何人かいるが、俺が調剤すると効果が段違いだぜ」

「いやあッ……怖いッ……怖いいいッ」

「あああッ……こんなッ……人でなしいッ」

人妻たちは、あまりの恐怖に、わあッと号泣した。だが泣き喚く間にもいかがわしい成分が血管を伝って身体の隅々にまで染み渡っていくのがわかる。細胞の一つひとつまでもが妖しい官能に覚醒し、居ても立ってても居られないような衝動に駆られる。

身体中を貫かれたいという、獣じみた衝動だ。

（あぁッ……ダ、ダメにされちゃうッ）

牝の本能が予言していた。とことんまで堕とされる。後悔が期待に呑み込まれ、絶望がきらめくような悦びに包み込まれていくのが、明菜にはわかる。

「んあああッ……」

「きひいいッ……」

麗しい肌がよじれ、肉感溢れる乳房が放埒に跳ね飛び、汗を撒き散らす。身悶えする人妻たちが熟れるの待つように、男たちは涎を垂らしつつ待ちつづけた。十分後、うつむいたまま明菜と有希は、シクシクとすすり泣いていた。

「どうしたんだ、奥さんたち。そんなに俺たちが怖いのか」

須賀がニタニタと笑いつつ言った。須賀にはわかっていたのだ。人妻たちには、男の姿が、海綿体の塊にしか見えないだろう。ゆっくりと上げた人妻の顔が、それが事実であることをどうしようもなく証明していた。

「おお……」

鬼畜たちが思わず感嘆の声を漏らすほど、明菜と有希の美貌は、はしたなさに満ちていた。蕩けた目は男根を追い求め、小鼻は精臭を嗅ぎたくてひっきりなしにヒクヒクと膨らんでいる。半開きの唇の奥で蠢く舌は、舐めたくてどうしようもないと、叫んでいるようだ。

「す、すげえ……」

悠人は、堕落しつつある人妻たちの表情を夢中で接写した。媚薬の効能とはいえ、女はここまで堕ちるものなのか。悠人はあらためて、須賀の調剤能力に感心した。

「ううッ……あああッ……」

「ずいぶん切なそうじゃないか。ふふ、どうしてほしいのか、言ってみろ」

「オチ×ポよッ……早くッ……切ないの、なんとかしてえッ」

「んああッ……有希、欲しいのッ……オチ×ポ、挿れてえッ」

人妻たちは、身をよじって懇願した。今すぐ、穴という穴を太く硬いもので塞いでもらわなければ、気が狂ってしまいそうなのだ。火傷するほど熱い精液で、粘膜という粘膜をただれさせてほしい。パクパクと開閉する膣と肛門は、まるで腹話術師《ふくわじゅつし》が扱う人形の口のように人妻たちの淫らな願いを代弁しているようだ。

「なんてエロいんだ……」

欲望に渦巻く人妻の虚空を、悠人は目を血走らせて撮影した。四つの穴がひしめくようにうねり、男根をねだる光景は世界遺産にも匹敵するほどだ。

「へへ、こんな色っぽいミセスにせがまれちゃ、断るわけにはいかないな」

「人妻牝便器のでき上がりってわけだ」

男たちは、まるで用を足すようにチャックを下ろし、いきり勃ったものを突き出した。淫の血を受け継いだ男たちの男根は、毒キノコのように巨大な笠を開き、女肉を貪ろうと不気味に揺らめいている。

「どうだ、奥さん。俺たちのものはでかいだろう」

須賀の巨肉に割れ目をなぞられて、明菜はひいッと泣き叫んだ。それだけで肉層が忙しなく蠢き、須賀の男根は溢れた蜜液でドロドロになる。

「四つの穴をいっぺんに衝いてやるからな」

「狂っちまうかもな、奥さんたち」

男たちは、吊さされた明菜と有希の前後に並んだ。四本の肉棒が、人妻の四穴にあてがわれると、まるで開門の呪文を唱えられたように窪みが口を開いて真っ赤な媚肉を覗かせた。

「すっきりさせてもらうぜ、奥さん」

「思いきり出してやるからな」

おらッ、と気合とともに男たちの丸太のような肉棒が人妻を抉った。股間と尻に陰嚢がぴったりと密着するほどの根深い挿入に、人妻の美貌が一瞬で蕩けた。口角が下品に吊り上がり、見開かれた目は快楽に霞む。

「ひゃあんんッ」

「あひいいいッ」

「シティレディも、俺らの田舎チ×ポでよがるんだな」

「自然で鍛えられた俺たちのチ×ポは逞しいだろうが」

若雄たちは、夢中になって腰を振り乱した。垢抜けた美貌の人妻を、滅茶苦茶に犯せることが、愉しくて仕方がないのだ。打ち込みつつも、人妻の滑らかな首筋に舌を這わせ、甘露《かんろ》のような汗を味わい尽くす。

「汗まで美味いぜッ。優秀なキャリアウーマンてのは、何をやらしてもすげえやッ」

「きひいッ……ひゃあんッ……んあああッ」

（明菜、くるっちゃううッ）

下腹の中で逞しいものが暴れ狂い、薄い膜を容赦なく揉み潰していた。前から後ろから漏れ響くパンッパンッという打ち込み音だけで、明菜の裸身が引きつり、たちまちに追い上げられる。ギリギリと圧迫されて軋む腰骨の音すらも、明菜にとっては、絶頂へ導くファンファーレのようだった。

（あッ……うんと犯されてるうッ）

「はひいいッ……イぐうッ……あぎなッ……イッぢゃうううッ」

「ゆぎもイぐうッ……ひぃいッ……オチ×ポ、すでぎいいいッ」

ビクビクと裸身を痙攣させて人妻たちは絶頂した。U字に湾曲した両脚が、麻縄を引き千切らんばかりにギリギリとよじれる。同時に大量の精液を注がれた肉層は、爆裂のごとき快感を味わわされていく。

「あああッ！　あああッ！」

もう、どちらの悲鳴かもわからないほど、明菜と有希は、ひっきりなしに絶叫した。狂ったように美貌を振り乱す人妻たちの接合部を、悠人は数センチの距離から接写った。浮き出た肉棒の血管が脈打ち、人妻の肉層の奥へと欲望を送り込む。悦びにまみれた局所からは凄まじい熱気がほとばしり、レンズが曇るほどだ。

「派手にイッたな、奥さん」

「イッた回数を記録しておかなきゃな」

須賀は油性マジックで、明菜と有希の太腿に一の字を書いた。肉棒を抜かれた瞬間、白濁が逆流する間も与えず、すぐさま四人の男の肉棒が、人妻のふやけた穴に蓋《ふた》をする。たちまちに四穴から濁った泡が立ち、人妻たちの股間にも尻にもベットリと付着する。

「ひいいいッ！　まだイッでるのにいいッ」

「まだイぐうッ！　ずっとイぐううッ」

汗まみれの裸身がよじれる。人妻たちは自ら腰を揺すって、より深く、より烈しく二穴を抉らせる。それだけが、二人の生き甲斐なのだ。豊乳を惜しげもなく揺すり、亀頭と亀頭がぶつかると、マッチ棒のように快楽の火花が散る。括約筋がだらしなく弛緩し、その股間から息を合わせたように尿をほとばしらせた。

「ひいいいッ」

「便器のくせに尻を振って、おしっこまで漏らすなんてけしからん人妻だな」

「小便を受ける便器が小便を漏らしてどうするんだ」

どんなに侮《あなど》られ、嘲られても、もうかまわなかった。快感に飢えた人妻は失禁しつつも腰を振り、つづけざまに何度でも極めていく。出されては抜かれ、抜かれては抉られ、また出される。欲望と快楽のループから、人妻はもう脱け出せない。いや、脱け出したくない。

(ずっと犯られてたいいッ)

「あひゃああッ」

「んひいいいッ」

枷《かせ》の外れた人妻たちは、泣き狂った。艶やかな髪、控えめだがその美貌の魅力をさらに際立たせるメイク。引き締まった身体。洗練されたキャリアウーマンの艶やかな身体から品性を引き剝がし、下品の極地まで堕とす。それが男たちにとっては、極上の悦びであり、性《さが》なのだ。

「どうだ、奥さん。神郷の男のものは、最高だろう」

「何発だって犯ってやるからな。奥さんたちみたいな美人を犯ることだけが、神郷の男の愉しみなんだよ」

男たちの肉棒はいっこうに萎えることもなく、欲望を放ちつづける。明菜と有希の太腿には、正の字が二つ並び、まだまだ書き加えられていく。

「これで十度目のアクメだ。ヒヒ、まだまだ俺たちは満足しねえぞ」

「マ×コとアナルだけじゃ、とても追いつかないだろう」

須賀は縄を緩め、人妻たちの両手の拘束を解いた。床に倒れた人妻たちに、ハイエナとなった男たちがいっせいに襲いかかると、たちまちに膣、肛門、口に肉棒が捻り込まれる。それればかりか両手でも男根をしごかされて、今や明菜と有希は、男根まみれだ。

「おチ×ポッ……んぶぶッ……いっぱいで、じあわぜえぇッ」

「ぷわあッ……もっどぉぉッ……うむッ……おっぎいのもっどちょうだいいッ」

身体中から接合音が漏れていた。それが人妻たちには、嬉しくて仕方がない。卑猥な楽器となった裸身を何度もよじらせ、男たちの白濁をぶちまけられる。牝として、これほどの悦びがあるだろうか。

（明菜、うんと出されて、しあわぜえッ）

白濁でコーティングされた身体に痙攣が走る。豊乳が揺れ、乳首の先から精液が飛び散る。悠人は、カメラ越しの惨美すぎるその姿に、何度も生唾を飲み込んだ。須賀たちの、徹底した嬲りぶりに感動すら覚えた。神郷村の卑劣な血を自分も受け継いでいるのだとヒシヒシと肌で感じる。女を犯すことだけが、我が生き甲斐なのだ。

「そろそろ悠人にもぶちこませてやるか。へへ、お前のアナルファックシーンを俺が撮ってやるよ」

悠人にかわって、須賀がカメラをかまえた。悠人はズボンを引きずり下ろすと、猛々しく勃起したものを有希の肛門にあてがった。四つん這いになった有希は、もう自分がどんな格好をしているのかもわからない。尻を炙《あぶ》る灼熱の感触に歓喜し、ひいひいと悶えるばかりだ。

「ひゃあんッ……そこよッ……はやぐうッ……おじり、犯ってええッ」

粘液まみれの双尻が、妖しくぬめり輝く。匂い立つ淫臭を切り裂くように、悠人は渾身の力を込めて肉棒を突き出した。

「ひぃいいッ」

絶叫した有希の美貌が跳ね上がる。だがすぐに頭を押さえられ、肉棒をしゃぶらせられる。下からも猛然と肉棒が衝き上がり、両手でも男根をしごく。

（最高の眺めだぜッ）

悠人は欲望の塊と成り果てた人妻に向かって、何度も肉棒を衝き挿れた。

第六章　秘された祭と狂気の肉神輿

　その日、いよいよ神郷祭が開催された。村の中心部では、多くの屋台が出店され、イベントも開催されているようだ。神郷村産の農作物やそれを調理した食べ物なども ふるまわれ、県外からの参加者も多い。

「賑やかだなあ。俺が子供の頃は、もっとひっそりとやっていたような気がするがな」

　夫は額に汗を流しつつ、大量の焼きそばを炒めていた。炒めた野菜と麵にソースを回しかけると香ばしい匂いが漂う。まさか自分の妻が、村人たちに滅茶苦茶に犯され、生臭い精液を回しかけられているなどとはつゆ知らず、むしろ上機嫌に焼きそばを炒める夫が明菜には恨めしい。

（こんな村だと知っていれば……夫といっしょに帰郷なんかしなかった）

出ていかなければ。このままこの村に滞留しつづければ、完全に狂わされてしまう。

連日、犯されつづけた身体は、もう陥落寸前なのだ。村の男の誰と会っても、今にも犯されてしまいそうな気がし、しかもそれを待ちわびているように、明菜の肉層は勝手にうねり、ジンジンと痺れしまうのだ。

(ほんとうに人ではなくなってしまう)

そうなる前に、この村から逃げるのだ。有希といっしょに。

「そういえば、明菜は神輿の担当だったな」

「ええ……」

「この村のならわしで、神輿担ぎは村の男だけで夜に行われるんだ。農作物がちゃんと育つように神様に一晩かけて祈願するらしくてね。神輿を担ぐ者も村長が選定するんだが。俺は一度も選ばれなかった。どうしてなんだろうな。親父は何度か担いだことがあるんだ。そういえば、今夜も親父は担ぐらしい。悠人も参加するらしいぞ」

その御神輿を俺は一度も見たことがないんだ、と夫はつけ加えた。

(悪いけど、神輿の準備なんてするつもりはないわ)

汚されに汚された。心も身体も。心は、いかがわしい快楽に染め上げられ、身体は文字どおり精液まみれにされた。どんなにシャワーで洗い流しても、毛穴まで染み込んでしまった獣臭と精臭は拭いきれなかった。常にまとわりつく異臭が、まるで羽《は》衣《ごろも》のように明菜の身体にまとわりつく。

(とにかく今夜、逃げるのよ。この村から)

工場と事務所を移転する準備を、耕三に知られないように明菜は進めていた。神輿の準備に行くと見せかけて、有希といっしょにこの村から脱出する計画をたてていた。夫と娘を残してでもこの村から有希を逃走させる。夫と別れて暮らすことになるが、それも仕方ない。

「有希さんたちは、どうしたんだ?」

「家族で村の中を見て回っているんじゃないかしら。夕方からは、有希さんも私といっしょに御神輿の準備をしなくちゃならないし」

午後三時を過ぎると、県外から来た客たちがいっせいに引き上げ、村から熱気が引き異様なほど静まりかえった。その静謐《せいひつ》さが逆に不気味だ。一度帰宅した明菜は、最低限の荷物をまとめ、逃走の準備をした。

(こんな村には、二度と来ないわ。いつかきっと法的措置を取り、償《つぐ》わせてやるッ)

日が落ち、村は闇に包まれていく。聞いていたとおり、村人たちは家に引き込もり、村全体から人の気配が消えた。明菜は一人、家を出た。誰とすれ違うこともなく待ち合わせ場所に行くと、すでに有希が待っていた。

「有希、この村を出る準備はできてる？」

「はい……」

「あとのことは何も考えないで。とにかく逃げるのよ」

近くに停車させてある車に向かおうとしたとき、通りの向こうから大勢の男たちが、歩いてきた。みんな上半身裸で、ふんどしを着用し、足には足袋《たび》をはいている。大崎や耕三や悠人はもちろん、先日、公民館で明菜と有希を犯した連中もいた。

（ああッ……そんなッ……）

「いいところで会ったな、奥さんたち。これから待機所に向かうんだ。いっしょに行こうじゃないか。お前たち案内してやれ」

村長の大崎に指示された男たちが明菜と有希を取り囲み、強引に待機所へと連行した。こうなっては、とても逃げるどころではない。

「タイミングを見て、逃げるのよ、有希」

明菜に耳打ちされた有希は、男たちに気づかれないように目だけで了解の意思を伝えた。待機所は想像以上に広かった。主人が亡くなり、今は誰も使用しなくなった米屋を待機所として利用しているのだ。

「まずは景気づけに一杯いこうじゃないか」

何本もの瓶ビールが用意された。だが、コップがない。この村で凌辱《りょうじょく》され尽くした明菜と有希は、それが不吉な現象だと直感的に理解した。思わずあとずさるも、出入り口には男たちが陣取り、虫一匹逃さないという感じで壁を作っている。

（ああッ……ま、またひどい目にッ）

「これから神輿を担ぐみなさんに、ビールをふるまうんだ。もちろん口写しでな」

「こんなべっぴんの人妻に酒を飲ませてもらえるなら、いくらでも担いでやるぜ」

「奥さんたちの唾液混じりのビールなんて、考えただけでゾクゾクするな」

男たちは、涎を流さんばかりの勢いで人妻たちに迫った。

「いやッ……近寄らないでッ……」

「もう、いやですッ……なんてひどい村なのッ」

「いやなんて、よく言えたもんだ。この村に来て、何度極めたのか覚えていないのか。よかったくせによ。忘れたのなら、見せてやる」

男の一人が、待機所の奥に置かれているテレビの電源を入れると、いきなり画面に全裸姿の明菜と有希が映し出された。緊縛されたその姿は、昨日、悠人たちに散々犯されたときの映像だ。接写された前後の窪みに男たちの巨肉が突き刺さり、見るも無惨に粘膜を引きずり出されている。

「あぁッ……消してッ……いやああッ」

「やめてぇッ……こんなの、ひどいぃッ」

スピーカーからは、ひいひいとよがり狂う牝の声が大音量で鳴り響く。その声は、とても強姦されている者のそれではない。悦びにまみれたいやらしい牝の声色《こわいろ》だ。

「こんなスケベな声を出してイきまくれるんだ。いい村だろう」

「スケベな奥さんたちを歓迎して、乾杯だ」

「いやッ……ぷわあッ……んむむッ……」

背後から身体を押さえつけられた明菜の口に、瓶から直接ビールが注がれる。間髪入れず、明菜の唇を大崎の唇が塞いだ。大崎の喉が、烈しく波打つのを見て、男たちの興奮が一気に加速する。明菜ばかりか有希もビールを口に含まされて、次から次へと男たちに唇を吸われた。

(こんなの、ひどいぃッ)

「んぐうッ……あむむッ……」

「こりゃ、美味えッ！　こんなに美味い酒は初めてだぜ」

「やっぱり器が上等だと、酒の味がよくなるんだな」

「ふふ、せっかく巨乳美人が二人もいるんだ。こっちの器でも飲ませてもらうか」

鼻息を荒くした男たちの手が、いっせいに人妻の服を毟り取る。ブラジャーも抜き取られた人妻は、パンティだけの姿を獣たちの前に晒されて、ガタガタと震えた。

「ひぃッ……見ないでえッ」

「助けてッ……誰か、助けてえッ」

どんなに大声をあげようとも、村人には届かない。神輿を見た者は末代まで万《よろず》の神の祟《たた》りを受けると言い伝えられているのだ。それもこれも、祭りの夜に、男たちが村外の女を嬲り尽くすためにねつ造された伝承だった。この時期になると、神郷村周辺の町から必ず女性が行方知れずとなる。すべて神郷の村人の仕業なのだ。

「去年の女なんか目じゃないな。今年は当たり年ってわけだ」

「へへ、乳肉で飲む酒の味は、最高だろうぜ」

男たちに揉みくちゃにされつつ、向かい合わせになった明菜と有希のバストが、ムニュリと密着した。すかさず伸びた男たちの手が、四つの膨らみを土のようにこねる。

「ひぃいいいッ」

女の尊い膨らみが世にも卑猥な器を形成すると、そこにビールがバシャバシャと注がれた。手で払いのけようにも、屈強な男たちに腕を摑まれては抗いようもない。

「へへ、それじゃ、乾杯するか」

「乾杯のぱいは、おっぱいのぱいだろう。ふふ、姦ぱいってわけだ」

押し潰された乳肉ごと、男たちはかわるがわるに顔を突っ込みビールをすする。乳首から滲み出たフェロモンがビールに混じるのか、濃厚かつ甘酸っぱい酸味がくわわり、男たちは、ゴクゴクと牝酒を飲み干していく。

「いい味だッ。おっぱいのスケベな味が染み込んでやがる」

「都会のおしゃれな熟女酒は、最高だぜ」

「やめてッ……こんなの、ひどいぃッ」

いずれ生まれくる赤ん坊のための清らかな乳房を獣たちの酒宴の玩具にさせられる。明菜にとっては、これ以上ない屈辱だ。だが、短期間のうちに性の悦びを味わわされ尽くした人妻たちの乳房は、恥辱の酒宴にも快く応じてしまうのだ。黄金色の液体の中で、人妻たちの乳首は、見るもあさましく尖っていた。しかも、ビールごと舐めとられるたび、痛みを覚えるほどムクムクと硬直してくる。

（あぁッ……どうしてぇッ？）

「見ろよ。乳首をおっ勃たせてやがるぜ」

「奥さん同士で乳首を擦り合わせて気持ちよくなってやがる。さすがは変態だ」

（私たちの身体……も、もうッ……）

変態となじられても、明菜と有希はもはや否定のしようがない。恥辱の乾杯にも甘声を漏らし、クネクネと下半身をくねらせる。

「もう下の口が疼くのか」

「気持ちよくなってるおっぱいに嫉妬してやがるんだぜ」

酔いも回っていい気分になってきた男たちの目が残酷に光る。ニヤニヤと不敵な笑みを浮かべた耕三と悠人が両手に持った瓶ビールをシェイクした。蓋を開けると同時に、ずらされたパンティからのぞく膣にビール口の先端をズブリと捻り込む。直後、ビールの噴水が、人妻たちの肉層にバシャバシャと浴びせられた。

「ひいいいッ」

明菜と有希の美貌が同時に仰け反った。悲鳴をあげた口にまたしてもビールを注がれ、ぬめった男たちの唇にすぐさま塞がれ、ビールを吸い上げられる。

「んぶぶッ……あむうッ……」

（こんなのが、気持ちいいッ）

炭酸漬けにされた媚肉がジーンと痺れ、逆流するビールを肉襞ごとジュルジュルとすすられる。下腹から膨れ上がる官能に、乳首も口内粘膜もいっそうただれ、男たちの舌にめくるめく快感を味わわさせられる。開発され尽くした明菜と有希の肉層からは惜しげもなく薔薇汁が溢れ、ビールに極上の甘露を与えた。

「ビールのマン汁割りとは、乙なもんだな」

「新開発の酒だ。へへ、村おこしに宣伝したら売れまくるぞ」

「ひいッ……うむッ……はひいッ」

吸われまくり、出しまくりの明菜と有希は、立てつづけに極めさせられた。十本もの空になったビール瓶が並ぶ頃には、ぐったりと床にうつ伏せになり、身体中から麦芽《ばくが》の匂いをプンプンと放つ。口内粘膜だけではなく、乳首と膣もアルコールを吸収するのか、明菜と有希の頭はグルグルと回り、両脚に力が入らない。

「ふふふ、美味い酒を飲んで、お前たちも気合が入っただろう。ここからが本番だ」

「いよいよ神輿の練り歩きだ」

ビールで濡れた唇を舌で拭った男たちの相好《そうごう》が崩れた。仰向けになった明菜と有希のパンティが抜き取られる。ビールと甘蜜の匂いがプウンッと立ち昇り、ヒクヒクと痙攣する人妻たちの桃尻が剝き上げられた。

「ほんとうにスケベな尻だわい」

「ほれ、奥さん。気を失っとる場合じゃないぞ。神輿の担当なんだろう。さっさと準備するぞ」

（み、神輿……？　そんなものどこにあるの……？）

この待機所には、神輿らしきものがどこにもない。わけがわからぬうちにも、明菜と有希の身体が、麻縄でギリギリと緊縛された。シックスナインの体位になった二人の人妻の二の腕と太腿はきつく縛られ、振りほどくこともできない。有希の柔らかな下腹が乳房に押しつけられ、互いの熱をジンジンと感じる。それが、これから起きようとしている悲惨な行為の予兆のようで、明菜と有希の美貌が恐怖に引きつっていく。

「ひいいッ……なに、これえッ？」

「ほどいてえッ……ひどいッ……ひど過ぎるわッ」

「今さら何を言ってる。奥さんたちが神輿になるんだ。ヒヒヒ、これが我が村、伝統の肉神輿だ」

涎を流さんばかりに大崎は説明を続けた。

「今から、奥さんたちの尻を媚薬入りのグリセリンでメロメロにしてやる。そのまま我々が担いで、今年の吉方である西へと五キロ進んで田んぼまで行く。無事、うんちをひり出さずに田んぼまで辿り着ければ、来年は豊作というわけだ」

「そ、そんなああッ」

「そんなの、いやあああッ」

絶望の練り歩きに、人妻たちは泣き喚きながら身をよじった。だがもがくほどに麻縄が肌に食い込み、いっそう明菜と有希の裸身がもつれ合う。

「ほうれ、うんと浣腸してやるぞ。なにせ媚薬入りだ。こたえられんぞ」

「ふふ、悠人は初参加だからな。神聖な儀式をやらせてもらえ」

木製の台座が運ばれ、その上に明菜と有希が乗せられた。仰向けになった有希とそれに覆い被さるようになった明菜からは、互いの膣はもちろん肛門までが丸見えだ。目の前にあるノズルが、自分の背後にも迫っていると考えるだけで、人妻の裸身が恐怖でガタガタと震え出す。

「怖いッ……怖いいいッ」

「いやああッ……助けてえッ」

「心配するな。すぐによくなる」

人妻の肛門の内側にズブリとノズルが突き刺さった。ヒクヒクと伸縮していた皺がたちまちにノズルをとらえ、引きずり込もうとするあさましい肛門の蠕動を、明菜と有希は互いに見せつける。

（ああッ……有希のお尻、いやらしいッ）

「いやなんて言って、二人とも浣腸される気マンマンじゃないか。ほうれ、これがほしくてたまらないいんだろう」

残忍な目をした悠人は、ノズルの先端で有希の肛門を掻き回した。ひいッと泣き叫ぶ有希の肛門が、為す術もなくノズルを受け入れる様を明菜に見せつけているのだ。

「若いのに、なかなかいい嬲りっぷりだな。さすがに耕三さんの血を受けているだけはある」

「ふふ、村長も負けてはいられませんよ」

「どれ、奥さん。ここは一つ、一世一代の浣腸をさせてもらうぞ」

悠人に触発されて大崎の気力も充実したのか、その形相《ぎょうそう》は、まさに鬼畜としか言いようがない。大崎の表情を見た有希が、悲鳴と同時に股間を震わせて失禁するほどの欲望と、残酷さに満ちた大崎の顔つきは神郷村の卑劣な精神を象徴しているかのようだ。大崎の顔が見えない明菜も、有希の尋常ではない怯えぶりを見て、あまりの怖ろしさにガチガチと歯を打ち鳴らす。

「お願いッ……ゆるしてッ……何でもするからッ……ゆるしッ……ひぎいいッ」

ほれッと気合を発した大崎は、明菜の肉層をノズルで掻き分けた。うめく間もなく一気にグリセリンを注入されると、明菜は窒息寸前となる。おぞましい感触が内臓を掻き毟り、息をすることもできないのだ。

「うむッ……あむうッ……」

「んぐうッ……あむあむ……」

明菜の桃尻からたちまちに脂汗が噴き出し、有希の美貌に滴り落ちる。悠人も負けじとノズルを押し込むと、号泣とともに有希の双尻からも汗が飛沫いた。人妻たちの美貌と桃尻が、競い合うようにのたうつ様は圧巻ですらある。

「祭りにふさわしい賑やかさだぜ」

「もう媚薬が効いてきたようだな。こいつの速効性はすごいぜ。それ以上に効果がすごいんだがな」

（お尻が熱いいッ）

尻の中で快淫のマグマが蠢いていた。グリセリンが肛門壁を掻き毟ると、身震いするほどの官能が明菜の双尻をくるむ。白い歯と桃色の歯茎を剥き出しにして、尻を振る明菜の裸身は、信じられないような快楽の焰にただれていく。

「はひいッ……んああッ……ひゃあんッ」

（か、浣腸、すごいいッ）

猛烈な便意すらたまらなかった。明菜の顔は、恋する乙女のようにキュンキュンと蕩けさせられ、あんッ、あんッとひっきりなしに甘い色声を吐く。

(うんちがしたいのに、たまらないいッ)

ひり出したい。ひり出したくて、たまらない。便意が膨らめば膨らむほど、味わわされる快感も膨らんでいく。今にも弾けてしまいそうなほど、明菜の尻肌は忙しなく痙攣し、上下左右に揺れまくる。

「おお……」

人妻たちの妖艶すぎる双尻に、男たちは思わず感嘆の声を漏らした。まるで尻そのものが、希少価値のある芸術品のようだ。

「こんなスケベな尻は、滅多にないぜ。しかもダブルでだなんてな」

「ふふ、ひり出すにはまだ早い。蓋をしてやらんとな」

大崎と耕三は、巨大なディルドで人妻たちの肛門を塞いだ。ひいッと泣き叫んだ人妻たちの裸身が、台座の上でギリギリとよじれる。それだけで、極めてしまったのだ。

「もう尻イキしてやがるぜ」

「担がれている間に、何回イケるか、見物だな」

「ようしッ、肉神輿のはじまりだ」

台座に貫通させた二本の棒を男たちが担いだ。人妻たちの裸身が持ち上げられ、そのまま待機所を出る。猛烈な排便に身悶える明菜と有希の裸身が、男たちのかけ声とともに上下に揺れる。

「こんな格好でええッ」

「はしたないいッ」

外灯すらない夜道でも、月明かりを受けた人妻の真っ白な身体は妖しく浮かび上がる。身体を揺すられるたび、下腹の中までシャッフルされて明菜と有希は今にもひり出してしまいそうだ。

「ひいいいッ」

「出ちゃううッ」

ギュルギュルと腹がうなり、肛門からはブビッと卑猥な破裂音が漏れる。あああッと悲鳴をあげた人妻たちの肌を、生温い風が撫でる。その感触だけで、ジーンと肌が痺れ、切ない甘声が漏れるのを、人妻たちはどうしようもない。全身が性感帯となった今、すべての刺激が快感なのだ。

「はひいいッ……も、もうッ……明菜、出したいいッ」

「有希、出ちゃうッ……うんち、出ちゃううッ」

ギリギリと身を揉み、真っ白な歯を見せる。そうかと思えば、限界まで唇を広げ、喉の奥から品性の欠片《かけら》もない悶え声を吐き出し、ブクブクと泡を噴く。頭上で泣き狂う美貌の人妻たちを、悠人はわっしょい、わっしょい、とかけ声をかけつつ、その下腹を残酷なほどに揺すった。

「どうだ、悠人。これが神郷村伝統の肉神輿だ」

「浣腸された人妻の腹を滅茶苦茶に揺すって、練り歩く。最高の時間だろう」

「ふふ、ここからは、少しゆっくり歩いてやれ。特別ゲストの参戦だ」

田んぼ道にさしかかる手前で、大崎がニヤリと笑みを浮かべた。暴発寸前の肛門を指先でユルユルとほぐすと、真っ暗な闇夜の中で銃声のような放屁音が鳴り響く。

「ひゃあんッ！　触っちゃだめええッ」

「あひいいッ！　お願いだから、出させてえッ」

「ふふ、そんな下品な台詞をよく旦那の前で口にできるな」

旦那、という言葉に明菜と有希が、はッと覚醒した。最初から用意されていたのか、地面に置かれた何台ものライトが突然光を放つと、呆然とした人妻たちの夫があんぐりと口を開けて立っていた。宙に浮いた自分たちの妻が麻縄でくくられ、恍惚に蕩けた表情で便意を訴えているのだから、当然の反応だ。

「いやああッ」

「こんなの、見ないでええッ」

耕三に神輿担ぎの見学を促《うなが》されて、二人の夫は何の疑いもなく練り歩きが来るのを待っていたのだ。

「あ、明菜ッ……」

「有希いいッ……」

妻を寝取られた憤怒《ふんど》から村人たちに向かってきた二人の夫は、たちまちに押さえつけられ、手足を麻縄で縛られた。

「ほれ、旦那にはしたない姿を見てもらえ」

「旦那の前だからって、張りきってひり出すんじゃないぞ」

ふんどしを緩めた男たちの肉棒が、次々と天を示し、いきり勃つ。群生したキノコを彷彿とさせるおぞましい光景に、夫たちは輪姦劇を想起せざるをえない。その顔から一気に血の気が引き、ワナワナと唇を震わせる。

「おい、健一。お前の嫁は、ほんものの変態だぞ。こんな嫁をもらいおって。どれほど、変態かをこれからお前に見せてやる」

「有希さんも、真性のマゾだぜ。どっちが先にイキ狂うか、見せてやるよ」

耕三と悠人は、もう愉しくて仕方がないというように、何度も舌舐めずりをした。

「ほれ、奥さんたちはこれがほしいんだろう」

「奥さんたちが、喉から手が出るほど、いや、マ×コと尻から手が出るほど欲しいチ×ポだ」

台座を下ろされると、人妻たちは、たちまちに巨肉の槍に包囲された。本来なら目も当てられぬ光景なのに、明菜と有希は夫が目の前にいることも忘れて、甲高い色声を漏らし、悦びを隠そうともしない。どす黒い官能に目の色も変わり、はあはあと熱い息を吐いて裸身をくねらせる
「ああんッ……もうッ……ひと思いに犯ってえぇッ」

「んああッ……焦《じ》らすのいやあッ……は、早くしてえぇッ」

人妻とはとうてい思えぬ背徳の台詞を吐いて、明菜と有希は尻を振った。自ら男根をねだるふしだらな妻の姿が、夫たちには信じられない。

「ふふ、気持ちよすぎてひり出すんじゃないぞ」

大崎が明菜、耕三が有希のただれた肉層に男根をあてがった。それだけで人妻たちは歓喜に打ち震え、幼児のようにキャッキャッと嬌声をあげる。たちまちに蕩けた人妻の顔からは完全に知性が消え失せ、ドロドロの欲望だけが渦巻く。

「旦那が見ているというのに、なんてスケベな顔だ」

「こんなスケベな妻の顔を、お前たちは見たことがないだろう」

三日月状に湾曲した目、何度でも膨らむ小鼻、半開きの口から垂れる涎と舌。変態的な表情に、妻がどれほど堕とされてしまったかを、夫たちはいやでも思い知らされた。二人の夫は、あまりの衝撃にすすり泣きさえはじめた。

「この程度で、その様《ざま》か。やはりお前には、神輿を担ぐ資格はなかったな、健一」

「耕三さんの息子とは思えぬ体《てい》たらくだ。夫としての引導をくれてやろう」

大崎と耕三の肉棒が、一気に人妻たちの肉層を抉った。ひいいッとつんざくような絶叫が夜空を切り裂く。ガクンッと上半身を仰け反らせた明菜と有希の乳房が、互いの下腹を圧迫すると、便意がいっそう膨れ上がる。

「ひゃあああッ……奥まできてるううッ……ぎもぢいいッ」

「も、もれるううッ……イぐうッ……もれるうううッ」

猛烈な便意も、そのまま快美に変わり、人妻たちの全身をただれさせた。パンッパンッと剛直で子宮を打たれるたび、鳥肌が立つほどの悦びが突風のように突き抜ける。肉悦が肉悦を呼び、人妻たちの裸身は、またたく間に追い上げられる。

「イぐううッ……あぎな、イぐううッ」

「ゆぎのオマ×ゴッ……とぶううッ」

ガックンガックンと腰を震わせた人妻たちの尻から、ブビッと破裂音が響く。無様な放屁に粘膜を刺激されただけで、明菜と有希は立てつづけに絶頂した。さらに大崎と耕三が、しこたま精液を放つと、その熱い粘液の感触に、ひときわ甲高い泣き声を漏らして立てつづけに極めさせられる。

「ひゃあぁッ……まだ、イぐッ……ずっど、イッでるううぅッ」

「ああぁッ！　だまらないッ……これ、だまらないいッ」

汗まみれの裸身がブルブルと弾け、直後、うむッあむッとうめくような色声とともに、弛緩する。それを何度か繰り返すと、瞳もうつろになり、もう夫がいることすら忘れて、自ら腰を揺すって肉層の奥まで男根を誘っていく。

「旦那の前だというのに、自分からわしのチ×ポを求めてきよる。まさに変態だな」

「ほれ、見てみろ、健一。このスケベな尻を。ひり出す寸前の尻の色っぽさが、お前にわかるか」

大崎と耕三は、二度三度と人妻たちの尻を平手打ちした。スパアンッという打擲音《ちょうちゃくおん》とともに、ヒイヒイと人妻たちが泣き狂う。叩かれた尻の中で汚濁が波打ち、粘膜を搔き回すとゾクゾクとした快淫が肛門の内側から火を噴いてくるのだ。

「ひいいッ……ぞれ、いいッ……あぎなのおじりッ……もっといじめてえッ」

「ぐるッぢちゃうッ……ゆぎのおじり、ぐるッぢゃううッ」

「ふふ、こんないやらしい尻は、とても一本のチ×ポじゃ満足できないだろう」

男たちの肉棒が、二人に迫った。右を向いても左を向いても逞しいものが眼前で揺れていた。悪夢の光景も、人妻たちにとっては、もはや極楽浄土の世界でしかない。逞しいものを求めて毛穴がまでが開ききり、濃厚な牝臭をプンプンと漂わせる。

「おヂ×ポ、いっぱいいッ！　うれじいいッ」

人妻たちは命令されるまでもなく、自らの美貌をひねって男根にむしゃぶりついた。口いっぱいに広がった獣臭だけで、ビクビクと腰を震わせる。

「しゃぶっただけでイッてやがるぜ」

「身体中のどこをチ×ポで撫でてやっても、イきやがるぜ」

巨大な肉棒が、明菜と有希のいたるところを撫で、衝き、擦る。それだけでドロドロの肉悦が噴き上がり、人妻の裸身は目も眩むような絶頂界へと連れ去られる。アクメの宇宙に放り出された明菜と有希は、もう上下左右もわからないまま、熱棒に貫かれるだけの肉塊に成り果てていく。

（ああッ……どこもかしこも、オチ×ポオオッ）

身体中が熱い。男根で囲まれることだけが、明菜にとっては悦びだった。かわるがわるに男たちの男根に肉層を抉られ、熱液を放たれる。そのたびに、明菜の双尻はいっそう艶めき、ただごとではない妖香を放つ。

「そのスケべな尻を、旦那たちにもっとよく見てもらえ」

男たちに両腕を摑まれた夫の顔が、妻たちの双尻の下に配置された。猛烈な便意に耐え、快楽に打ち震える妻の尻は、夫たちが見たこともないほどに艶めかしい。尻肉が悦びに搾られ、抉られる膣からは匂い立つような牝臭が噴き出す。無惨に捲られた肉襞の向こう、真っ赤にただれた妻の媚肉は、夫以外の子種を狂い求めて、肉棒に吸いついてさえいる。

「ほれ、旦那が見ているぞ、奥さん。旦那のチ×ポと俺たちのチ×ポ。どっちがいいか教えてやれ」

「あひぃッ……ごのおヂ×ポがいいのぉぉッ……ふどくでッ……たくまじいいッ」

「おっぎいおヂ×ポがずてきいいッ！　もっどッ……もっど、ゆぎをを滅茶苦茶にじでええッ」

旦那の顔がすぐ側《そば》にあるというのに、人妻たちはひっきりなしに悶え狂い、噴き出す蜜液を夫たちの顔に撒き散らした。ふやけた女肉を巻き込むように肉棒を押し込まれ、後退するのに合わせて、薔薇汁が何度でも溢れてしまうのを、人妻たちはどうしようもない。

「へへ、面汚しってのは、まさにこのことだな」

「さて、クライマックスといくか」

「ここからは、俺たちとつながりながら、練り歩くんだぜ」

拘束を解かれた明菜と有希は、男たちともつれ合うように担がれた。膣と口を肉棒で塞がれつつ、揉みくちゃにされた裸身が農道を練り歩いていく。異様な光景は、未開の土地の野蛮な儀式のようだ。

「んぐうッ……うむッ」

「ぷわあッ……あむッあむッ……」

(ああ……あきな、し、あ、わ、せ)

極上の快感で朦朧とした意識のなか、明菜は思った。夫たちも強制連行されて、電灯もない暗がりから、妻たちのイき声が鳴り響いてくるのを号泣しながら聞かされる。

わっしょいッ、わっしょいッと男たちのかけ声に合わせて、明菜と有希がイクうッ、と何度も絶頂を訴える。

「よくここまで我慢したたな。たいしたもんだ」

「こりゃ、来年も豊作になるぞ」

田んぼに囲まれた農道の真ん中に、巨大な金だらいが二つ用意されていた。それを囲むように三脚に固定されたライトがいくつも設置されている。金だらいを挟んで置かれた台座に明菜と有希を仰向けに寝かせると、男たちはいっせいに歓声をあげた。

「神郷村のますますの繁栄を祈願して、排便だッ」

「ひぃいいッ」

ディルドを抜かれた肛門から、土石流のような汚濁がバシャバシャと噴出した。ただれた襞が弁のようにはみ出し、茶色い飛沫の中でヒクヒクと震えている。美貌を仰け反らせた明菜と有希は、猛烈な排便とともに絶頂に達した。

「ひゃあああんッ！　あぎなイぐッ！　うんちして、イぐううッ」

「イぐイぐイぐううッ！　ゆぎのおじりッ、いやらじいいッ」

蕩けたようになった人妻の表情は、とても人前で排便した者のそれではない。金だらいに溜まった人妻の汚辱は、溢れるほどに満たされ、あたりに異臭を漂わせる。

「大量じゃないか。ふふ、こいつを肥料にすれば、うんとうまい米が作れるぞ」

「まさに金になる尻だ。ふふ、スケべな上に稼いでくれる。いい嫁じゃないか」

「そのうえ、俺たちのチ×ポまで気持ちよくしてくれるっていうんだから、最高の尻妻だぞ」

用水路を流れる水で尻を清めると、男たちは人妻たちの肛門を入れ代わり立ち代わりに犯しはじめた。媚薬を使用されたうえに、排便したばかりの粘膜は、異様なほど敏感になり、一衝きされただけで脳髄にまで達するほどの快感が走り抜ける。

「おじり、だまらないいッ」

(私は、もう……お尻そのものッ)

明菜は、本気でそう思った。積み上げた仕事の実績も、起業した会社の未来もどうでもよかった。尻だけがあれば、それでよかった。

「祭りの夜に胚胎《はいたい》すると、未来永劫、村は神様に守られると言い伝えられていてのう」

「何がなんでも妊娠してもらうぞ」

「夜が明けるまでチ×ポをぶっ刺しつづけるからな。気を失うなよ」

二人の人妻の穴という穴を巨大な肉棒が塞ぐ。白濁を注がれては、イき、イッては出されて、またイき果てる。もつれ合う明菜と有希の身体が、上から下から衝かれまくって、躍り上がる。その間も、男たちはわっしょいとかけ声をあげつづける。

(ああッ……絶対に……妊娠するわ……)

それでもよかった。いや、むしろ、それがいい。獣のような村人に犯され、獣の子を孕む。それこそが、獣になった自分にふさわしい運命だ。そう思い極めた明菜は、永遠につづく快楽に我から身を堕としていった。

明菜と有希の夫は、翌日、東京に戻った。有希の娘もだ。妻たちのあられもない乱れ姿を目撃したことで、夫たちはほとんど半狂乱の態になり、精神病院に収容されたらしい。有希の娘、真奈美は、児童施設に引き取られた。明菜と有希は、神郷村にとどまることを決めた。二人とも妊娠したのだ。子供の親はわからない。神郷村で作られた農作物は、全国の賞を次々と獲得し、村には莫大な金がはいってきた。甘く、芳醇な味わいをした米が、美貌の人妻たちの汚濁で育てられたことを知る者は、神郷村最大の秘密として、隠匿《いんとく》された。

◎本作品の内容はフィクションであり、登場する個人名や団体名は実在のものとは一切関係ありません。

◉新人作品**大募集**◉

マドンナメイト編集部では、意欲あふれる新人作品を常時募集しております。採用された作品は、本人通知のうえ当文庫より出版されることになります。

【応募要項】 未発表作品に限る。四〇〇字詰原稿用紙換算で三〇〇枚以上四〇〇枚以内。必ず梗概をお書き添えのうえ、名前・住所・電話番号を明記してお送り下さい。なお、採否にかかわらず原稿は返却いたしません。また、電話でのお問い合せはご遠慮下さい。

【送付先】 〒一〇一-八四〇五 東京都千代田区神田三崎町二-一八-一一 マドンナ社編集部 新人作品募集係

淫辱村《いんじょくむら》 肉人形《にくにんぎょう》にされた美熟妻《びじゅくづま》

二〇二四年 三 月 十 日 初版発行

著者◉八雲 蓮【やくも・れん】

発行◉マドンナ社
発売◉二見書房
東京都千代田区神田三崎町二-一八-一一
電話 〇三-三五一五-二三一一(代表)
郵便振替 〇〇一七〇-四-二六三九

印刷◉株式会社堀内印刷所 製本◉株式会社村上製本所 落丁・乱丁本はお取替えいたします。定価は、カバーに表示してあります。
ISBN978-4-576-24001-5 ◉Printed in Japan ◉©R.Yakumo 2024

Madonna Mate